U0895590

四部要籍選刊·集部

蔣鵬翔 主編

施註蘇詩

一

〔宋〕蘇軾 著

〔宋〕施元之 注

浙江大學出版社

傳古樓據上海圖書館藏清康熙三十九年宋犖刻本影印原書框高一八八毫米寬一四五毫米

出版説明

《施注蘇詩》四十二卷，宋蘇軾撰，宋施元之、顧禧注，據上海圖書館藏清康熙三十九年宋犖刻本影印。

蘇軾（一〇三七至一一〇一），字子瞻，號東坡，四川眉山人，北宋著名文學家、書畫家、政治家。宋仁宗嘉祐二年（一〇五七），與其弟蘇轍同中進士，主考官歐陽脩對其大爲賞識，由此名動京師。嘉祐六年，蘇軾參加制舉，入第三等，成爲北宋立國百年第二位入第三等者。蘇軾入仕後，做過幾任小官。王安石變法期間，因與其政見不同，蘇軾由京師補外通判杭州，後知密州、徐州、湖州。元豐二年（一〇七九），湖州任上爲御史李定、舒亶等人誣陷，釀成著名的『烏臺詩案』。幸賴各方救援，最後免却一死，被貶黄州團練副使。神宗去世後，元祐更化，與舊黨交好的蘇軾被重新啟用，先後出任中書舍人、翰林學士等。後因朝廷紛爭，出知杭州，修建了著名的西湖蘇堤。哲宗親政後，政局突變，蘇軾又被接連貶至惠州、儋州。元符三年（一一〇〇）徽宗即位大赦，蘇軾北歸，次年病卒於常州。宋高宗即位後，追贈『太師』，謚『文忠』。

侍妾朝雲稱蘇軾『一肚皮不合時宜』，『大概是有史以來對他的最當評價』。蘇軾爲人自信而又極其認真，處事常常認理不認人，這種性格無疑與官場上默認的『抱團』、『認人不認理』的黨派規則格格不入，所以當時的新黨和舊黨都不喜歡他，無論哪一派得勢掌權，蘇軾都是永遠的失敗者。〔二〕但政治上的失敗無法掩蓋其才華上的光芒，作爲『北宋時期最大的文學家』乃至『宋代最偉大的文人』，『他的詩詞文賦以至書法、繪畫、文藝理論批評，造詣都達到歷史上第一流水平，而歷史上却很少這樣具有多方面傑出成就的作家』。〔三〕

蘇軾的詩歌存世二千七百餘首，不僅是其一生心血所系，也被推爲宋詩的代表。錢鍾書借用蘇軾批評吳道子畫作的『出新意于法度之中，寄妙理于豪放之外』一語來概括蘇詩本身的理論和實踐，並特別指出所謂『豪放』即『在藝術規律的容許之下，創造力有充分的自由活動。』

『作文該像「行雲流水」或「泉源涌地」那樣的自在活潑，同時很謹嚴地「行于所當行，止於所不可不止」。李白以後，古代大概没有人趕得上蘇軾這種「豪放」。』〔三〕

『在北宋的詩人中間，蘇軾的詩歌以規模宏大著稱。這不僅是由於他輾轉各地，廣知各地的風土人情，而且也是由於他興趣廣泛，到處都能發現作詩的素材。「却戴葛巾從杖履，直將和氣接兒童。」有這種温厚人格的人，有這種不喜擺架子的人，自是不難到處適應，並發現可詠之物的。而且他具有敏鋭的感覺能力，所以其詩歌中多有觀察入微、感受細膩之作。』〔四〕作詩是蘇軾記録自身生命歷程的方式，無論遭遇何種境況、興起何種情緒，皆可筆之於詩，又因爲其善用比喻，即使是難以言狀的事物，也能在詩歌中曲盡其妙。正如《宋詩選註·蘇軾小傳》所言：『他在風格上的大特色是比喻的豐富、新鮮和貼切，而且在他的詩里還看得到宋代講究散文的人所謂「博喻」或者西洋人所稱道的莎士比亞式的比喻，一連串把五花八門的形象來表達一件事物的一個方面或一種狀態。這種描寫和襯托的方法仿佛是採用了舊小説里講的「車輪戰法」，接一連二地搞得那件事物應接不暇，本相畢現，降服在詩人的筆下。』所以即使是容易落於俗套的應酬詩或議論詩，蘇軾也寫得較有趣味，不像其他宋詩那樣寡淡。

宋人嚴羽評價本朝作詩習氣，總結爲『以文字爲詩，以才學爲詩，以議論爲詩』，蘇詩亦然，『所以批評家嫌他「用事博」、「見學矣然似絶無才」、「事障」、「如積薪」、「窒、積、蕪」、「獺祭」，而袒護他的人就贊他對故實小説和街談巷語都能夠「入手便用，似神仙點瓦礫爲黄金」』〔五〕。這種詩風是好是壞，姑置勿論，但較受箋注家的歡迎，却是毫無疑問的。今見宋人注宋詩有三十五種，其中注釋蘇詩的就有十七種。注蘇詩之風氣始於北宋末年，最早出現的是趙次公等人的四家注，此後不斷增補而演變爲五家注、八家注以至十家注。這些注本都以蘇軾手編《東坡前集》、《後集》爲基礎撰成，〔六〕《前後集》爲編年體，故這些早期注本當亦皆是編年體。至南宋中葉，有所謂《王狀元集百家注分類東坡先生詩》出，後又衍生出《增刊校正王狀元集註分類東坡先生詩》、《王狀元集諸家注分類東坡先生詩》、《東坡先生詩集注》、《東坡先生詩集》、《蘇東坡詩集注》等版本。這一版本系統的共性是匯集前人注釋，改編年爲分類，因其搜羅完備，又有王十朋、吕祖謙等名人領銜，故脱稿即風靡於世，同時舊注多廢，遂成爲唯一完整流傳至今的宋人注蘇詩。但這部王注也有明顯的缺陷，據邵長蘅《注蘇例言》所言，有分門别類失之陋、不著書名失之疏、增改舊文失之妄等問題，其中改編年爲分類實大違作者本意，不僅類目繁碎有重複割裂之弊，更打亂了詩歌創作的順序與過程，故屢遭後人詬病。相較而言，口碑更好的是另一部宋人注本——《施注蘇詩》。

所謂『施注蘇詩』，其宋刻本卷端原題『註東坡先生詩』，因係施元之、顧禧合注，施宿補注，爲與他注區别，故習稱『施注蘇詩』（到清人翻刻時，才正式改卷端書名爲『施注蘇詩』）。

施元之，字德初，吴興（今屬浙江湖州）人。宋紹興二十四年（一一五四）張孝祥榜同進士出身。乾道二年（一一六六）二月召試館職，除秘書省正字，三月坐洪适黨罷職。乾道五年五月爲秘書省著作佐郎，十月除起居舍人，十一月兼國史編修官，是月除左司諫，十二月以『身居出納言責之地，朋比相通』，與林機同時放罷。約乾道七年，以左宣教郎任衢州刺史。乾道八年八月除直秘閣，權發遣兩浙西路提點刑獄。後知贛州，不詳所終。需要注意的是，元之的學問與品行反差甚大，洪适《舉自代狀》稱其『學問該洽，文采清新，使居英俊之躔，可備翰墨之選』，而余嘉錫先生《四庫提要辨證》『施注蘇詩』條考其爲官劣迹，乃云『元之蓋傾危之士，雖頗有文采而用心邪僻，務與君子爲仇，其爲治以嚴刻爲能，近於酷吏，不得以其能注東坡詩爲之末減也。』[七]

顧禧字景繁（一作蕃），吴郡（今江蘇蘇州）人。『少任俠，既壯，折節讀書，爲文輒千萬言，聲名籍盛遠近。于是里中同學者多忌公，口舌攻搏，難端叢起。公與鄞縣林庇民保、高安譚子欽惟寅交善，主兩先生家數年，而忌者愈謀所以中之，指作周世宗宫詞爲蘖，禍幾不解，會以遺逸薦得白。（范成大《吴郡志》卷二十二云：『紹興間，郡以遺逸薦，閑居五十年不出，名重鄉里』，余嘉錫先生以爲『興』當作『熙』）歸乃具杯酒釋奠，盡焚平生所著述，凡百餘卷。病革之日，惟枕書長嘯，略屬後事數端而已。』[八]約卒於淳熙九年（一一八二）以前。陳鵠《西塘集耆舊續聞》卷二云：『趙右史家有顧禧景蕃《補注東坡長短句》真迹』，可見顧禧還補注過蘇詞，惜已亡佚，不知其詳。

施宿，字武子，元之長子，吴興（今屬浙江湖州）人。生於隆興二年（一一六四），卒於嘉定六年（一二一三）冬。『承家學，尤留心金石。慶元初知餘姚縣，市田買書，以教學者，爲政務大體，興廢舉墜，不事細謹。旋通判會稽軍，作《會稽志》，刻禹廟碑譜。嘉定間以朝散大夫提舉淮東常平倉』[九]，其取『施注蘇詩』付梓即在此時。根據《四庫提要辨證》的考證，施宿逝世後又因中書舍人范之柔的彈劾而得罪罷官，『行下抄籍，一家骨肉星散，狼狽暴露，故父（指施宿）靈柩亦皆封閉，寡妻弱子無所赴愬』，雖兩經大赦，『始還元官，而致仕及身後恩澤猶未盡復』，境況之困苦頗足令人同情。〔十〕

過去因爲宋刻本《註東坡先生詩》殘闕不全，而卷端僅題『吴興施氏／吴郡顧氏』，至於書中的題下注、句中注究竟出自何人之手，一直存在争論。或以爲題下注爲施宿作，句中注爲施元之作；或以爲題下注爲施氏父子合作；或以爲題下注爲施元之作，句中注爲施元之、顧禧合作，施宿只是在題注末根據墨迹、石刻校勘異文，間有引證並增輯《年譜》而已；或以爲題下注與句中注『顯屬二手』。直到王水照先生在日本發現施宿的《東坡先生年譜》，其序云：

> 宿因先君遺緒及有感於陸公（游）之説，反覆先生出處，考其所與酬答賡倡之人，言論風旨足以相發，與夫得之耆舊長老之傳，有所援據，足禆隱軼者，各附見篇目之左，而又采之國史以譜其年，及新法罷行之目，列於其上，而繫以詩之先後。〔十一〕

才確定原書的句中注爲施元之、顧禧合作，題下注爲施宿補作。

《註東坡先生詩》大約寫成於宋淳熙七年（一一八〇）至十六年（一一八九）間。嘉定二年（一二〇九），施宿爲之求序於陸游。嘉定六年（一二一三），刻成全書。（據王友勝《施元之等註東坡先生詩平議》所考，舊有該書乃嘉泰年間刻本之説，不確，《平議》已辯駁之）。施元之、顧禧、施宿都是南宋有名的學者，又長年致力於蘇詩之詮釋，且能各展所長，是爲名注；該本係施宿延請『善歐書』的書法家兼收藏家傅穉手寫上版，『字畫清勁，粲若明珠』[十二]。是爲名刻；又得陸游撰《施司諫註東坡詩序》冠諸卷首，是爲名序。兼此三絶，允稱瑰寶，所以即使是傅增湘這樣的書林巨眼，也會盛贊該本『生平所覯宋代佳刻殆難其匹』[十三]（《宋刊施顧注蘇詩跋》語，按該跋係爲鄭羽補刻本而作，但鄭羽只是補刻了嘉定本中字迹漫漶的板片一百七十九板，其餘仍是嘉定原刻，故此評語應該也適用於嘉定原刻）。

蘇詩『援據閎博，指趣深遠』，雖博學善詩如陸游都歎爲難注，『蓋其一時事實既非親見，又無故老傳聞，有不能盡知者』[十四]。而『司諫公以絶識博學名天下，且用功深，歷歲久，又助之以顧君景蕃之該洽，則於東坡之意，蓋幾可以無憾矣』。[十五]《註東坡先生詩》以宋人注宋詩，其較爲熟悉典章制度、作者事迹的優勢自不待言，而其學術價值據邵長蘅《註蘇例言》所云又有三端：一是全面編年，『詮訂先後，頗爲精當，卷端數語，厘識大略，不屑屑排纘年月如黃鶴、魯訔之編杜取譏後世』（按蘇軾自編文集已在分類之後以作品年月先後爲序，《註東坡先生詩》

則徹底取消分類，將蘇詩的主要部分均按時代編次）；二是題下注，『每於注題下多所發明，少或數言，多至數百言，或引事以徵詩，或因詩以存人，或援此以證彼。務闡詩旨，非取汎濫，間亦可補正史之闕遺』；三是句中注，『施氏合父子數十年精力成是一編，徵引必著書名，詮詁不涉支離，詳贍而疏通，它家要難度越』。至於引金石、墨迹校勘文字，當時所引書今已失傳故可供輯佚等優點，則王友勝《平議》已詳細説明，毋庸贅述。

儘管《註東坡先生詩》是諸多蘇詩宋人注本中的傑作，其在後世的流傳却頗爲坎坷。『坡詩之有注，施顧之外，獨永嘉王氏耳。王氏本坊賈托名，且紕漏百出，然數百年來家有其書，而施顧遺著號爲精審者，流傳迄今，竟無完帙，且沉晦不彰，有若存若亡之歎。豈文字傳否固有幸有不幸歟？抑淺陋者易諧俗目，而湛深者難得真賞歟？』[十六]其書初刻於嘉定六年，而主事者施宿卒於同年冬，次年即遭彈劾抄家。周密《癸辛雜識·別集》卷上云：『宿嘗以其父所注坡詩刻之倉司，有所識。傅穉字漢孺，窮乏相投，善歐書，遂俾書之鋟板，以賙其歸。因摭此事，坐以贓私。』[十七]但余嘉錫先生指出：『宿以鹽政及修城事被論。修城者，淮東提舉置司泰州，宿嘗修築泰州城，言者蓋劾其工費浮冒也。南宋鹽課，歲入僅千三百餘萬緡，而淮東至七百七十餘萬緡，利權所在，易遭疑謗。修城乃大工役，費用紛繁，尤難稽考，故言者摭此二事，坐以贓私，至爲其父刻蘇詩注，雖亦被論及，不過毛舉細故之一端。縱按費計贓，爲數幾何，宿之得罪，初不因此，故史官記事及其女上書，並略去不言。周密未考國史，姑據所聞書之耳。』[十八]

儘管施宿並非因刻書而獲罪，但《註東坡先生詩》却不能不因此而受到牽連。其嘉定原刻本傳世極少，至景定三年（一二六二）時，鄭羽曾對該本進行補刊。跋曰：

> 坡詩多本，獨淮東倉司所刊明淨端楷，爲有識所寶。羽承乏于兹，暇日偶取觀，汰其字之漫者大小七萬一千五百七十七，計一百七十九板，命工重梓，他時板浸古，漫字浸多，後之人好事必有賢於刊者矣。景定壬戌中元吴門鄭羽題。

元明兩代，蘇詩通行王十朋分類注本，施注則傳世絶少，更未聞有翻刻者，故清人宋犖初見施注嘉定刻本殘帙時，卷端僅題『吴興施氏、吴郡顧氏』，竟不知其爲何人，後參稽陸游序及各郡邑志，才確定是施元之、顧禧注本。宋槧施注，至清尚存五本：一是錢謙益舊藏，也是當時唯一的全本，[十九]可惜毁於絳雲樓火災；二是汲古閣毛晉舊藏，後遞經徐乾學、宋犖、翁方綱、吴荷屋、葉潤臣、袁思亮之手。宋犖從江南藏書家處購得此本時，已闕十二卷（卷一、卷二、卷五、卷六、卷八、卷九、卷二十三、卷二十六、卷三十五、卷三十六、卷三十九、卷四十），存三十卷，至晚清袁伯葵收藏時，又遭火厄，僅存十九卷，今藏臺灣；三是繆荃孫舊藏殘本，爲卷十一、十二、二十五、二十六共四卷，後被劉承幹購入，今藏中國國家圖書館，另有影寫本爲傅增湘所得；四是周錫瓚舊藏殘本，爲卷四十一、四十二共兩卷，後遞經潘奕雋、黄丕烈、汪士鐘、楊紹和、周叔弢之手，今藏中國國家圖書館。上述四種均爲嘉定原刻，另有景定鄭羽補刊本一部，存三十四卷，闕卷五、卷六、卷七、卷八、卷九、卷十、卷十九、卷二十共八卷，係怡府舊藏，後經翁同龢、翁萬戈之手，今藏上海圖書館。本書是宋犖根據其所得宋槧殘本於清康熙三十九年（一七〇〇）刻成的。按《中國古籍善本書目·集部》著録宋犖刻本曰『清康熙三十八年刻本』[二十]，但宋犖《年譜》記爲三十九年庚辰『十二月，因刊補《施注蘇詩》竟，於十九日坡公生日，懸公笠屐圖於小滄浪，率諸生致祭，賦詩紀事』[二一]。《施注蘇詩》卷首張榕端序落款爲『康熙庚辰上巳日』，也可證該書刊成於康熙三十九年。《中國古籍善本書目》著録爲三十八年，可能是受到宋犖序、邵長蘅序均署康熙己卯的誤導。

宋犖《施註蘇詩序》云：『公詩故有吴興施氏元之註四十二卷，……其後罕流傳，予常求之數十年莫能得。及撫吴，又數數購求，始得此本於江南藏書家。』雖然這個本子的完整性僅次於錢藏全本而遠勝於其他傳世的嘉定原刻殘帙，[一二]但畢竟闕十二卷，所存三十卷中『蟲蠹腐蝕脱簡又幾什二』，欲據之重刊全書，自然要進行大量的修補。宋犖序又云：『第闕者十二卷，乃屬毗陵邵長蘅子湘訂補，且爲之芟複正譌，而佐之以吴郡顧嗣立俠君洎兒子至。其續補遺詩四百餘首，采摭施本所未備，别爲二卷，則以屬錢塘馮景山公爲之註。』張榕《施註蘇詩序》云：『漫堂獲宋槧本於吴中舊家，其間闕軼凡十二卷，乃屬門人子弟訂補之，盡抉永嘉之瑕纇而亦間採其菁英，以助施氏之闕遺。』邵長蘅《註蘇例言》云：『發凡起例商丘公實總其成。其間綴殘葺舊則顧子俠君嗣立經其始，校疑訂譌則宋子山言至襄其終。至於補者補，删者删，長蘅於此不無小補，所媿聞見淺尠，時日趣迫，寧免誤漏，請竢後賢。是冬長蘅適以病歸里，末帙闕註四卷（三十五、三十六、三十九、四十），則屬高郵李子百藥必恒代箋，勞不可没也，乃附著之。』可知康熙刻本《施註蘇詩》是由宋犖制訂凡例，以邵長蘅爲主，由顧嗣立、宋至配合完成的，對於底本尚存的三十卷施顧舊注，他們並未完全抄録，而是酌情删改，又新增了不少注文（主要來源於王十朋的分類集注蘇詩）。對於底本缺失的十二卷，邵長蘅補注其中八卷，李必恒補注其餘四卷，同樣大量利用王十朋的集注，邵、李自注數量不多。全書卷首的《註蘇例言》十二則、《王注正譌》一卷及所附王宗稷《東坡先生年譜》的改訂則皆出自邵氏之手。四十二卷後的兩卷《蘇詩續補遺》由馮景作注，因爲這兩卷所收之詩鮮見舊注，難以依傍，大多是馮氏首次作注，所以也較受後來學者重視。

宋犖（一六三四至一七一三），字牧仲，號漫堂，又號綿津山人、西陂老人、滄浪寓公、白馬客商、西陂放鶴翁。其父宋權爲明天啟進士，入清後官至大學士。清順治四年（一六四七），清廷下詔，令大臣各送一子擔任宫廷侍衛，宋犖因此成爲御前三等侍衛，時年十四。十六歲時回鄉讀書，與商丘地方名士賈開宗、侯方域、徐作肅、李琛、徐鄰唐寫詩唱和，並稱『雪園六子』。康熙三年（一六六四）任黄州通判，擢山東按察使，遷江蘇布政使、江西巡撫，官至吏部尚書加太子少師，於七十六歲致仕。康熙帝對其頗爲寵幸，稱『天下巡撫，清廉以宋犖爲第一』。他也是著名的詩人、書畫家和藏書家，與王士禛、汪琬、施潤章等並稱『康熙朝十才子』。著有《西陂類稿》、《漫堂墨品》、《綿津山人詩集》、《筠廊偶筆》、《滄浪小志》等書。

宋至，字山言，號方庵，宋犖長子，據《國朝耆獻類征》卷一二三可考得其生卒年爲一六五五至一七二五。康熙四十二年（一七〇三）進士，由庶吉士入武英殿纂《佩文韻府》，授編修。康熙五十年（一七一一）任浙江提學使，官至四川布政使。工詩，著有《牂牁集》、《緯蕭草堂詩集》《青綸館藏書目録》等書。（據程偉《商丘宋氏藏書考》轉録）

邵長蘅（一六三七至一七〇四），一名衡，字子湘，號青門山人，江蘇武進人，清初詩文家，與施閏章、王士禛、朱彝尊、陳維崧等過從甚密，晚年入江蘇巡撫宋犖幕。

李必恒，生卒年未詳，字北嶽，一字百藥，江蘇高郵人，以布衣入宋犖幕。

馮景（一六五二至一七一五），字山公，一字少渠，浙江錢塘人，清代文獻學家盧文弨之外祖父。國子監生，康熙十八年（一六七九）舉博學鴻儒，堅辭不就。後入宋犖幕，以母老辭歸。（據王友勝《施注蘇詩得失論》轉録）

宋犖本《施注蘇詩》的刊行，意味著這部宋人注宋詩的傑作在沉寂近五百年後再次回到主流學界的視域中。對於這部經過訂補後内容完備、焕然一新的重編本《施注蘇詩》，當事人都寄予厚望。『予特其性之近者爾，故殫精力，積歲時，完殘補闕，使施註幾亡而復顯，殆有天焉以玉其成，而亦不自知其久且勤如此也。』（宋犖序語）『商丘公幸是書之存而惜其殘闕也。

進門下士邵長蘅屬以訂補，爲之綴闕正譌，芟蕪省複，而所爲四十二卷者犂然復完，可版行。……是編出，吾知其必將焯然與東坡詩竝垂久遠，無有能起而蓋之者矣。』（邵長蘅《題舊本施注蘇詩》語）然而事情的發展並不像宋、邵二人所預料的那麽順利，此本後來竟遭到學界幾乎一致的嚴厲批判。

宋犖本雖以宋嘉定刻本爲底本，但對其内容作了大量的修改：首先，未忠實完整地保存施顧舊注的原貌，或改竄其文字，或删節其注語；其次，宋犖本補入了大量新注（主要是王十朋本的集諸家注及邵長蘅、李必恒的補注），却没有嚴格標明新注來源，而與施顧舊注相混淆，如果不核對施顧注宋嘉定刻本和王十朋集注本，就會經常誤將王十朋本的注文當作施顧舊注或邵、李補注。這在欲藉宋犖本推求施顧舊注的讀者看來，是無法原諒的錯誤。楊紹和跋宋本《註東坡先生詩》云：『今宋槧本自蘇齋後，不知流傳何所，先公曾訪之數十年，杳弗可得，恐不絶如綫之殘編，幾成絶響矣。噫！使施顧原書不能傳之千古，而後世之人徒深慨想，不獲一睹施顧之真，所謂知其究竟，據以詳覈者，竟至茫如昧如，果誰之過乎。邵固無足論，牧仲諸先生能免於責賢之義乎。』[二三] 黄丕烈斥該書『可覆醬瓿』[二四]，潘祖蔭以爲『其書爲人齒冷，不足置議』〔二五〕，繆荃孫取宋嘉定本與宋犖本核對，『方知刻本（宋犖本）之謬。宋原本缺序目、卷一、卷二、卷五、卷六、卷八、卷九、卷二十三、卷二十六、卷三十五、卷三十六、卷三十九、卷四十共十二〔二六〕卷外，餘注無不增删。有舊有注而今無者，有舊有注而今易之者，有舊注短而引申之者，有改易書名者，幾幾無一完篇，仍是明代刻書之故態，遜黄蕘圃、胡果泉多矣。』〔二七〕即使是相對冷静的傅增湘也反復提出質疑：

> 第余有大惑不解者，牧仲尋訪宋刊，遲之數十年莫能得，及晚歲撫吴，始於河南舊家獲之，其誠祈嚮往，亦云至矣。顧何以不依仿原本精寫覆雕，而必以屬邵青門爲之訂補，加以芟正，果何爲耶？夫缺卷不可得，則補其缺可也，何必更取原存者而删落之、改定之，抑何不憚煩耶？且余視其所謂删補之本，凡注文之再見者則省之，引書之詳備者則節之，凡題下附注關涉本事者恒略取數語而遺其大端，其他去取增損，多不明其意之所在。牧仲自序，謂殫精力，積歲時，完殘補缺，使施注幾亡而復顯。自余觀之，則施注經宋、邵諸公之手，雖謂幾顯而復亡可也。〔二八〕

其删削去取多不當，不足以存施注之真面目。以宋氏之學識財力，百計搜訪，既得之後，不覆梓行世，乃委之非人，妄加删補，真令人大惑不解。後之人雖校補甚勤，而爲功甚微，所

謂良機難再，徒增慨歎。〔二九〕

宋犖刻本爲何不能保存施顧舊注之真面目，是否真如諸名家所言一無是處？在影印本書前，應該回應這兩點疑問。

從客觀上説，宋犖所得宋嘉定本不僅十二卷全闕，所存三十卷中也有近兩成的内容存在『蟲蠹腐蝕脱簡』的問題。如果完全照底本三十卷原樣付梓，刻出來的新本必然會有大量的闕文誤字（漫漶殘損的字形往往會被誤認爲其他文字，重刻時便是新增錯字，此類現象在古籍翻刻史中屢見不鮮，不僅僅是闕文而已），傅增湘『依仿原本精寫覆雕』之議實不可行，换言之，宋犖等人當時不得不對底本進行全面的增補訂正。需要注意的是，後人批評宋犖妄改底本，所依據的大多是《註東坡先生詩》的其他印本，雖然與宋犖藏本屬於同一版本系統甚至同一版本，但刷印時間不同，内容上仍有可能發生變化（板片的漫漶挖改和印本的描潤磨損均會造成有意或無意的内容變化）。要指實宋犖本究竟修改底本至何種程度，最可靠的方法是取作爲底本的三十卷宋槧殘帙與宋犖刻本比勘，然而此殘帙在此後的流傳中又毁損泰半，這一問題也就只能永遠存疑了。

從主觀上說，宋犖對於施顧注所表現出的態度是較爲通達的。他幼年時就對蘇軾爲人『心竊慕效之』，待成人後『既慕其人則嗜其言，既嗜其言則索其解，解必求精，精必正繆，將使世之效法公者因解而得其言，因言以推其心。凡忠言嘉謀豐功亮節之大端，胥於是乎識而祈嚮不遠矣』，他重視施顧注，是因爲該注本勝於常見的王十朋集注，有助於讀者較正確地理解蘇詩之意，而不是像自詡佞宋者一樣，必以酷肖宋本爲能事（考慮到他的身份和地位，宋本顯然只是閒暇時的雅玩，并非日常考慮的要務）。他的目的是要提供一個替代通行王注的更好的蘇詩注本（『茲編出而王氏舊本可束高閣矣』），明乎此，然後就能理解爲何他一方面重視施顧舊注，亟予重刻，一方面又要補其殘闕，删其繁文，並將王氏舊本中的可取之處匯入其中，甚至變更原書體例，將句中注改爲詩後注。因爲在宋犖看來，一切注文都只是理解蘇詩的輔助，原注可用則用之，原注不妥則改之，王注如此，施顧注亦然。苟能體會蘇詩真意，雖廢棄注文也無妨，更何況只是修改呢？

> 讀公詩自可知其人而論其世，則予又將以是註爲糟醨也。（宋犖序語）

> 詩之有註，原屬筌蹏。既得之後，筌蹏可棄，況大家之詩，每篇有全篇之構法，有全篇之神味，

快讀徐嘸乃能得之。今以故實横隔句下，使讀者之心目多所扞格，因而作者之精神亦爲晦蔽，僅資漁獵，奚裨風雅，此不善誦詩者也。（註蘇例言）

我們應該意識到，完整精確地複製舊本面貌（包括文本與形制），只是後來的少數文獻學者的理想。宋犖本來無意於此，奈何以此責之？縱觀古籍傳鈔翻刻的歷史，甚至可以説，變更舊本才是真正的主流風氣（或受限於客觀條件，底本漫漶殘闕，不得不改；或出於主觀意願，底本錯漏疏誤，新加增訂），即使是以忠於底本著稱的影鈔本或覆刻本，也極少見『一字不改』的實例，只不過所改有多少好壞之分罷了（佞宋如黄丕烈，其所抄所刻書與底本相比也常見出入，何況他人）。有趣的是，儘管宋犖刻《施注蘇詩》因爲修改施顧舊注而遭世人詬病，此後爲彌補宋犖本缺陷、保存施顧注舊文而相繼撰作的查慎行《蘇詩補註》與翁方綱《蘇詩補註》却同樣偏離了忠於宋注的預設目標。查慎行《蘇詩補註例略》云：

庚辰春與商丘宋山言並客輦下，忽出新刻本見貽。檢閲終卷，於鄙懷頗有未愜者，因復補輯舊聞，自忘蕪陋，將出以問世。〔三十〕

施氏本又多殘脱，近從吴中借抄一本，每首視新刻或多一二行，乃知新刻復經增删，大都掇拾王氏舊説，失施氏面目矣。今於施注原本所有而新刻所删者，輒補録以存其舊，漫不可辨者則缺之，譬諸斷碣殘碑，自成片段，何取天吴紫鳳，顛倒裋褐哉。〔三一〕

翁方綱《蘇詩補註序》云：

方綱幸得詳攷施顧二家蘇詩注本，始知海寧查氏所補者猶或有所未盡。聞前輩於山谷詩任注、半山詩李注序葉殘字皆訪求珍録，蓋古人一字之遺，後來皆得援據以資攷證，是以凡原注所有者，攟殘拾墜，録存于篋久矣。

其卷端曹振鏞識語云：

辛丑夏振鏞讀中秘書日來蘇齋從祕校師叩蘇詩疑義，先從事於施注及查氏補注。其有施顧二家原本爲查氏採輯所未備者，則師復舉曩所手録，條分件繫，以授振鏞。至是年冬積成八卷，爰付開雕，以公同好。〔三二〕

查慎行、翁方綱都不滿於宋犖修改舊本，又有機會親見施顧注之原書（翁方綱所收藏的宋本施顧注即宋犖當年據以重刻的底本，理論上説當然更應該也更可能完全恢復施顧注的原貌），其重撰補注自應墨守施顧注之本文，不再新添變化，然而事實並非如此。

查氏《補注》深悟宋、邵之非，於是奮然取其删落者而逐卷補録之，其志未嘗不嘉，然余取篋藏影宋殘帙校之，則又有大謬不然者。如卷十一《蘇潛聖挽詞》，宋本題下固詳著其名籍、官職，凡三十七字，而查氏乃注云爵里失考。卷二十五，《送陳侗知陳州》題下注『侗與東坡爲同年』凡八十七字，邵氏删之，查氏亦注失考。詩中注文凡二十五事，邵氏祇取六事，亦删節其文。查氏補者三事，然鐵牛一條施注引《唐文粹》賈至《鐵牛頌》，而查氏則引《太平寰宇記》。其餘類此正多，豈查氏於宋本未嘗親見耶？抑就宋本更有所取捨耶？

覃溪翁氏更撰《補注》八卷，以正查氏之脱失。翁氏家藏宋本，躬自輯訂，宜其詳盡無遺矣。然以影宋本就蘇齋所著證之，則於原注有所去取而不全補者，有因原本間有蠹損而不能補者。如卷十一《董儲故居》詩『冬月負薪雖得免』，翁氏補原注謝靈運詩『已免負薪苦』一條，而其前引《禮記》『問庶人之子』一條則未補也。卷十二《獨樂園》詩『青山在屋上，流水在屋下』，翁氏補原注《楚辭》『鳥次兮屋上，水周兮堂下』一條，而其他句下引《孟子》《老子》《莊子》《漢書》《唐書》《韓詩》《杜詩》《幽閑鼓吹》凡十條，均未補也。卷十一《孔郎中馬上見寄》題下注，翁氏補原注自『知徐州』起，而其前尚有一百二十七字，以闕失不能補也。注末又脱坡爲周翰作虔州八境詩二十三字。卷十二《獨樂園》題下注，翁氏補查氏之脱失字句五處，而其間斷爛之文近百字亦不能補也。然以上闕文影宋本固完然具在耳。又有誤補者，如卷十一《藏春塢》詩『楊柳長齊低户暗，櫻桃爛熟滴階紅』，翁氏補原注引白樂天《夢遊春》詩『門柳暗全低，簷櫻紅半熟』，不知白詩查氏固已補入，其所遺漏者爲《唐宋詩類》齊己《櫻桃》詩『幾聽南園爛熟時』等十六字耳。

綜而衡之，邵氏删定謬妄，誠不足論。查氏所補時與宋刻牴牾，且亦不免意爲進退。翁氏既得宋本，可以正查氏之疏失，而原本已蠹蝕不完，録入之注仍復未備，要於宋刊面目愈趨愈遠，使覽者回惑而莫辨其是非，豈不重可歎哉。余竊謂施顧注本傳世本稀，自袁氏藏本被毁，惟松禪師此帙存卷獨多，斷爲海内孤本秘笈。儻得有志者取原書精摹印行，不妄增減一字，所缺之卷祇録本文，無煩補輯，庶幾神明焕然，頓還舊觀，一洗邵、查諸氏紊脱之失。余藴蓄於懷久矣，聊於此妄發之。〔三三〕

傅增湘繼續批判着妄改宋本的錯誤，但『錯誤』一再地重演促使我們不得不開始反思，文獻流傳是否必須遵守『不妄增減一字』的原則？事實證明，宋犖、查慎行、翁方綱以及無數傳刻舊籍的前賢並不認同這一點，在他們看來，文獻的價值仍應回歸到閱讀本身。如果明知其闕而不能補，明知其誤而不能改，且不論這樣是否就一定能頓還舊觀，其結果必然是爲了滿足少數佞宋好古的文獻學家的嗜好而犧牲大多數讀者的利益。所幸文獻學家的批判無法決定歷史的走向，『不足以存施注之真面目』的宋犖本《施注蘇詩》在《中國古籍善本書目·集部》中仍著録了二十二部印本，數量遠勝蘇詩其他注本，批校點讀該書的名家更是不計其數，這也意味着宋犖本是清代學者研讀蘇詩最通行的版本之一，不論後人對其體例觀點贊成與否，只要關注蘇詩的流傳及相關研究的演進，就無法忽視宋犖本的影響。那麽這個本子是否真如黄丕烈等人所説的『可覆醬瓿』，就不言自明了。

最後簡單總結一下宋犖本的價值。首先，該本是施注回歸蘇詩研究主流視域的起點，儘管遵循宋犖的旨趣進行了改編，但畢竟保存着大量施注原文（根據筆者對讀中國國家圖書館藏宋嘉定刻《註東坡先生詩》殘帙與宋犖本《施注蘇詩》所見，二者之間的差異其實並不像前人批評的那麽嚴重）。正如《四庫全書總目·施注蘇詩》云：『數百年沉晦之笈，實由犖與長蘅復見於世，遂得以上邀乙夜之觀，且剞劂棗梨，壽諸不朽，其功亦何可盡没歟』，[三四]其對蘇詩研究及清代詩學研究來説皆具有重要的學術史意義。其次，其所據之底本是《註東坡先生詩》宋嘉定刻本中當時保存最爲完整的一部，該底本後來又毁損泰半，故今天欲推考宋嘉定刻本的原貌，宋犖本仍然是不可或缺的參考文獻。再者，其在施顧注的基礎上加入了相當數量的王十朋集註本中的材料，主事者宋犖、補注者邵長蘅、宋至、李必恒、馮景等人都深通詩學，無論是採擇舊注還是補充新注，都有可觀之處，稱其在一定程度上兼具施顧注與王注兩大主要蘇詩注本之長，諒非過譽，宋犖本在清代的廣泛流傳也印證了這一點，所以單純就閲讀蘇詩而言，這個本子至今仍是上佳之選。最後需要介紹的是本書的雕印之美。朱壽鵬《安樂康平室隨筆》卷一云：『本朝人所刻之書，以康熙間最爲工整，至當時所欽定諸籍，其雕本尤極精良，然大都出自臣工輸貲承辦。如……《御批通鑑綱目》則爲吏部尚書宋犖所刻……蓋其時士大夫中，皆以校刻天府秘籍，列名簡末爲榮，故多有竭誠報效者。』宋犖所刻書在當時就以雕版精美聞名，連康熙帝也多有褒揚，不僅欽定其刊刻《御製詩集》二集，且視其刻本爲模範，後來李煦刻《御製詩集》三集時未遵守宋犖所刻樣式，都遭到康熙嚴厲的斥責：『朕細察時，與當年所刻《御製詩集》長短不同，字之大小參差不一，甚爲疏忽，使不得。著速收拾前後相同，奏來再看』。宋犖又於康熙四十四年（一七〇五）『進所刻《皇輿表》樣本二部。上云：刻的著實太好了。錦套一部留覽，綾套一部送與皇太子。』[三五]可以説，在衆多清刻本中，康熙本素稱上駟，而在康熙本中，宋犖刻本更是當之無愧的白眉。作爲宋犖刻本的代表作，《施注蘇詩》字畫俊美，行格疏朗，静穆清雅之氣溢於紙上，展讀此本品味蘇詩，是人間至樂，故將之收入『四部要籍選刊』影印出版，以饗同好，也希望精於古典文獻學的專家們能夠原諒筆者讀書不崇古注、印書不講版本的草率與無知。

二〇一八年十二月三十一日 蔣鵬翔撰於湖南大學嶽麓書院

注

〔一〕據章培恒、駱玉明《中國文學史新著》第二册第二四一頁撮述，復旦大學出版社，二〇〇七。

〔二〕顧易生《蘇軾詩集合注·前言》，上海古籍出版社，二〇〇一。

〔三〕錢鍾書《宋詩選註》第九十九頁，生活·讀書·新知三聯書店，二〇〇二。

〔四〕《中國文學史新著》第二册第二四四頁。

〔五〕《宋詩選註·蘇軾小傳》語。

〔六〕根據顧易生《蘇軾詩集合注·前言》的分析，《後集》雖然收録蘇軾絶筆之作，但仍極有可能是作者親自編成，只是其幼子蘇過有襄助之功罷了。

〔七〕余嘉錫《四庫提要辨證》第一三七一頁，中華書局，二〇〇七。

〔八〕據《四庫提要辨證》卷二十二轉引。

〔九〕《四庫提要辨證》第四一四頁。

〔十〕三人生平主要據王友勝《施元之等註東坡先生詩平議》撮述，《中國韻文學刊》二〇〇二年第一期。

〔十一〕據王友勝《施元之等註東坡先生詩平議》轉引。

〔十二〕《註東坡先生詩》宋鄭羽補刊本翁同龢跋語。

〔十三〕傅增湘《藏園群書題記》第六九〇頁，上海古籍出版社，一九八九。

〔十四〕陳振孫《直齋書録解題》第五九二頁，上海古籍出版社，一九八七。

〔十五〕陸游序語。

〔十六〕《藏園群書題記》第六九一頁。

〔十七〕據王友勝《施元之等註東坡先生詩平議》轉引。

〔十八〕《四庫提要辨證》第四一七頁。

〔十九〕傅增湘《藏園訂補郘亭知見傳本書目》第一一三六頁云：『相傳怡府宋刊施註蘇詩有全本二部，端華誅後乃散佚，不知何歸。』中華書局，二〇〇九。但這兩部全本別無文獻印證，故未列入正文。

〔二十〕《中國古籍善本書·集部》第二四九頁，上海古籍出版社，一九九六。

〔二一〕據劉乾《宋犖刻書考》轉引，《黄淮學刊（社會科學版）》一九九一年第二期。

〔二二〕毛晉收藏該本時，聞錢謙益有全本，曾欲借鈔補全，但被錢氏拒絶。吴騫《拜經樓詩話》卷一云：『當時惟琴川錢氏有足本，毛子晉每欲借鈔補全，靳而不予，後遂付之祝融，世間竟不聞有全本矣。』《續修四庫全書》第一七〇四册第一〇八頁。王紹曾、崔國光等整理《訂補海源閣書目五種》第二八〇頁，齊魯書社，二〇〇二。

〔二三〕王紹曾、崔國光等整理《訂補海源閣書目五種》第二八〇頁，齊魯書社，二〇〇二。

〔二四〕《黄丕烈藏書題跋集》第四六五頁，上海古籍出版社，二〇一三。

〔二五〕《藏園群書題記》第六九〇頁。

〔二六〕原文誤作『共十卷』，脱『二』字，今補之。

〔二七〕繆荃孫《藝風藏書記》第四九二頁，上海古籍出版社，二〇〇七。

〔二八〕《藏園群書題記》第六九二頁。

〔二九〕《藏園訂補郘亭知見傳本書目》第一一三六頁。

〔三十〕查慎行《蘇詩補註》第一頁，王友勝校點，鳳凰出版社，二〇一三。

〔三一〕查慎行《蘇詩補註》第二頁。按《增訂四庫簡明目録標註》第七〇二頁稱查慎行的《補注東坡編年詩》『不載施注』，有違事實。上海古籍出版社，一九七九。

〔三二〕翁方綱《蘇詩補註》，《粵雅堂叢書》本。

〔三三〕《藏園群書題記》第六九三頁。

〔三四〕《欽定四庫全書總目》第二〇六五頁，中華書局，一九九七。

〔三五〕本段刻書史料皆轉引自劉乾《宋犖刻書考》。

全書目録

第一册

第二册

施註蘇詩卷一

卷二

卷三

卷四

第三册

卷五

卷六

卷七

卷八

卷九

卷十

卷十一

卷十二

第四册

卷十三

卷十四

卷十五

卷十六

卷十七

卷十八

卷十九

卷二十

第五册

卷二十一

卷二十二

卷二十三

卷二十四

卷二十五

卷二十六

卷二十八

第六册

卷二十九

卷三十

卷三十一

卷三十二

卷三十三

卷三十四

卷三十五

卷三十六

第七册

卷三十七

卷三十八

卷三十九

卷四十一

卷四十二

第八册

蘇詩續補遺卷上

蘇詩續補遺卷下

本册目録

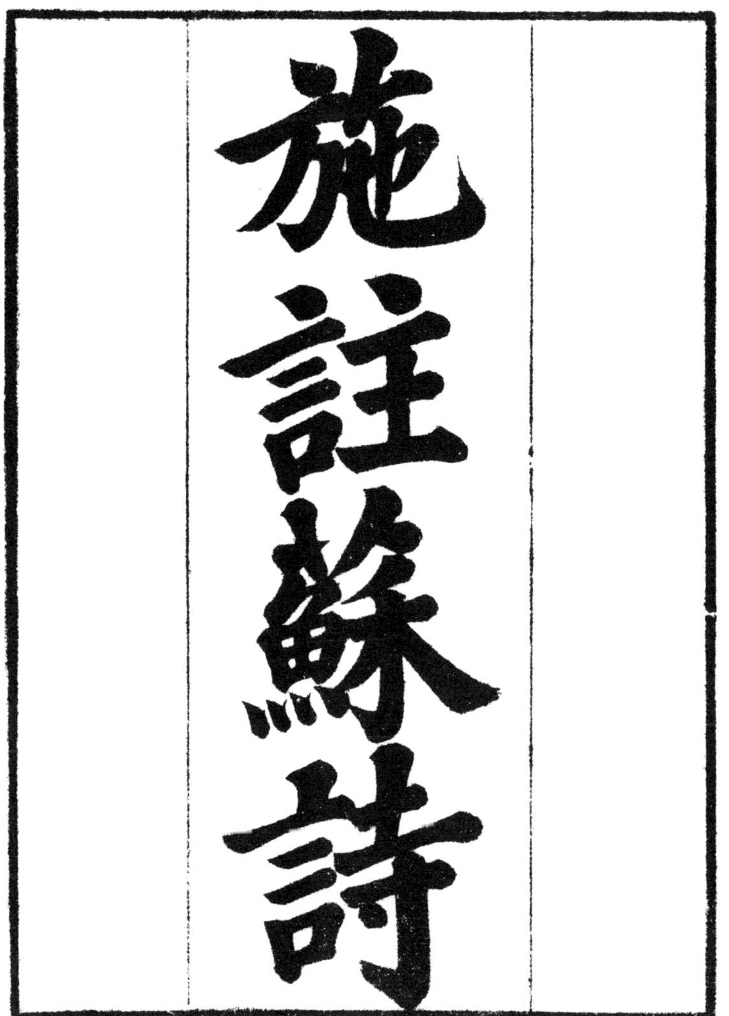

施註蘇詩

物合於性之所近而事常成於力之久且勤水濕火燥鉤曲弦直各從其類而要皆性之所近以相合也物之於人不類也是故鹿駭毛嬙魚避驪姬其類殊者其性殊人之於人類已然且邪正雜糅若白黑冰炭之相反非性使然耶予自齠齒時聞長老言蘇文忠公之爲人心竊慕效之及就傅讀公傳嚮往逾摯嘗圖公像縣座右而貌予侍其側稍長徧誦公集然嗜有韻之言尤深其始筮仕得黄州倅又幸與公同烏虖豈非天哉公詩故有吴興施氏元之註四十二卷元之子宿推廣爲年譜而陸放翁序之宋嘉泰閒鏤版行世其後罕流傳予

常求之數十年莫能得及撫吳又數數購求始得此本於江南藏書家第闕者十二卷乃屬毗陵邵長蘅子湘訂補且爲之芟複正譌而佐之以吳郡顧嗣立俠君洎兒子至其續補遺詩四百餘首采摭施本所未備別爲二卷則以屬錢塘馮景山公爲之註先是永嘉王氏有蘇詩註二十二卷行世頗久然有三失分類則陋不著書名則疎改竄舊文則妄誠如子湘所言加之俗本相沿諸譌多有茲編出而王氏舊本可束高閣矣凡人喜磊落者薄蟲魚之注矜博雅者搜畢方鼷鼠之名二者異趣而予於蘇詩注則非是之謂蓋以旣慕其人則嗜

其言既嗜其言則索其解解必求精精必正繆將使世之效法公者因解而得其言因言以推其心凡忠言嘉謀豐功亮節之大端胥於是乎識而祈嚮不遠矣昔賢可法莫不皆然獨公詩乎哉而予特其性之近者爾故殫精力積歲時完殘補闕使施註幾亡而復顯殆有天焉以玉其成而亦不自知其久且勤如此也烏虖跡公生平自嘉祐登朝歷熙寧元豐元祐紹聖三十餘年間論新法遻羣姧投荒錮黨幾蹈不測而矢其孤忠百折不回讀公詩自可知其人而論其世則予又將以是註爲糟醨也康熙己卯夏五商丘宋犖序

古今詩人之總萃唐則子美宋則子瞻顧兩家箋註之難前輩屢言之先大人常取杜詩千家註疏瀹剔抉殫二十年之力屢易稿而後成宋中丞漫堂先生爲序以行世若東坡詩註惟永嘉王氏之書盛行而踳駮迭見識者譏焉余少時讀渭南集知有吳興施司諫所註蘇詩每購之而不可得意當世已無其書獨時取放翁序讀之因以窺見作者用意之深與後人發明之不易而司諫之書愈往來余心矣漫堂獲宋槧本於吳中舊家其間闕軼凡十二卷乃屬門人子弟訂補之盡抉永嘉之瑕纇而亦間採其菁英以助施氏之闕遺余讀之心

開目張爲之狂喜蓋施氏體宗編年一洗永嘉分類之陋而援引必著書名詮詁不乖本事又於註題之下務闡詩旨引事徵詩因詩存人使讀者得以考見當日之情事與少陵詩史同條共貫洵乎其有功玉局而度越梅溪也漫堂宏材博識儒雅風流翹然爲今代之子瞻晝戟凝香賞奇汲古獨與眉山曠世相感宜其睠睠於是書而余亦得見所未見以償夙昔之願不誠厚幸哉後之學者因註而得其詩因詩而得其人毋沾沾焉考爾雅之魚蟲拾離騷之香草爲誇多鬬靡之具也夫少陵自許稷契志不忘君東坡忠規讜論挺挺大節其人

皆百世之師光燄萬丈不可磨滅所謂詩外尚有事在者資其言語文章以爲高山景行知註之不可遺兼知註之不可泥則兩得之矣斯固曩者先大夫讀杜之微意而亦今日漫堂先生表章蘇氏之盛心歟余承命獲與校讐竊幸挂名其間爲序其大槩如此若夫補亡訂誤援據精核則毘陵邵子湘之力爲多云康熙庚辰上巳日涿陽張榕端序

題舊本施註蘇詩

施氏註東坡詩四十二卷鏤版於宋嘉泰閒世之學者往往知有其書而流傳絕少商丘公購之數年從江南藏書家得此本又殘闕僅存三十卷是書卷端題吳興施氏吳郡顧氏而不著名而序文目錄又闕故覽者莫得其詳也其後得陸放翁所作施注蘇詩序有云施宿武子出其先人司諫公所註數十大編屬某序又云助之以顧子景蘩之該洽又按文獻經籍考載司諫名元之字德初其註詩本末與序合又參考郡邑志及它書而三君之名字乃灼然亡疑商丘公幸是書之存而惜

其殘闕也進門下士邵長蘅屬以訂補爲之綴闕正譌芟蕪省複而所爲四十二卷者犂然復完可版行聞之昌黎言用功深者其收名也遠故夫文章之士仰面屋梁掐擢心腎幾幸得自表見使有身後名耳及覩施氏父子萃數十年心力成是編其用功不爲不深而垂四百餘年若滅若沒其姓名亦且從狐狸猯狢吻中抉而出之而廑廑不泯蓋其傳之之難如是而註蘇之割裂紕繆如世所傳永嘉王氏本其出施氏下遠甚而顧得行世豈亦有幸不幸與然而書之不足傳者雖幸而見稱於人譬之秋潦汪洋儵歸烏有而其必傳者或忽於

近而貴於遠或晦於昔而大顯於今雖經蟲齧蠹蝕之餘而若有物焉馮之不可磨滅註一家詩之興廢其微焉耳然亦有可感者是編出吾知其必將焯然與東坡詩竝垂久遠無有能起而蓋之者矣康熙己卯孟陬六日毗陵邵長蘅題

註蘇姓氏

註東坡詩四十二卷年譜目錄各一卷司諫吳興施元之德初與吳郡顧景蕃共爲之元之子宿從而推廣且爲年譜以傳於世陸放翁作序頗言註之難蓋其一時事實既非親見又無故老傳聞有不能盡知者噫豈獨坡詩哉註杜詩者非不多往往穿鑿附會皆臆决之過也見文獻通考

司諫施元之字德初註東坡詩四十二卷年譜目錄各一卷與吳郡顧景蕃共爲之元之子宿推廣爲年譜陸放翁序見吳興掌故[按]二書則施氏當别有年譜今所傳年譜乃五羊王宗稷編紀年錄乃僊谿傅藻編施氏譜無考

施宿字武子知餘姚縣興廢舉墜加意風教市田置書教誨學者姚北瀕海歲役民脩堤民甚苦之宿爲石隄建莊田二千畝以備脩堤之役功與前令謝景初同稱見浙江通志名宦傳萬姓統譜亦云按蘇詩第二十卷別子由三首註題下有云宿守都梁得東平康師孟元祐二年三月刻二蘇公所與九帖於洛陽乃知武子又嘗守都梁而傳未之及云都梁山在今盱眙

顧禧字景繁吳郡人祖沂知龔州父彥成兩浙運使禧不求祿仕居光福山閉戶誦讀著述甚富紹興間有司以遺逸薦不起隱居五十年築室邳村表曰漫莊嘗與吳興施元之註蘇子瞻詩行世見府志隱逸傳

放翁陸氏游序略曰唐詩人最盛名家者以百數惟杜

詩註者數家然槩不爲識者所取近世有蜀人任淵嘗註宋子京黃魯直陳無巳三家詩頗稱詳贍若東坡先生之詩則援據閎博指趣深遠淵獨不敢爲之說某頃與范公至能會於蜀因相與論東坡詩慨然謂予足下當作一書發明東坡之意以遺學者某謝不能他日又言之因舉二三事以質之曰五畝漸成終老計九重新掃舊巢痕遙知叔孫子巳致魯諸生當若爲解至能曰東坡竄黃州自度不復收用故曰新掃舊巢痕建中初復名元祐諸人故曰巳致魯諸生恐不過如此耳某曰此某之所不敢承命也昔祖

宗以三館養士儲將相材及官制行罷三館而東坡蓋嘗直史館然自謫爲散官削去史館之職久矣至於史館亦廢故云新掃舊巢痕其用事之嚴如此而鳳巢西隔九重門則又李義山詩也建中初韓曾二相得政盡收用元祐人其不名者亦補大藩惟東坡兄弟猶領宮祠此句蓋寓所謂不能致者二人意深語緩尤未易窺測至如車中有布乎指當時用事者則猶近而易見白首沉下吏緑衣有公言乃以侍妾朝雲嘗嘆黄師是仕不進故此句之意戲言其上僭則非得於故老殆不可知必皆能知此然後無憾至

能亦太息曰如此誠難矣後二十五六年某告老居山陰澤中吳興施宿武子出其先人司諫公所註數十大編屬某作序司諫公以絶識博學名天下且用工深歷歲久又助之以顧君景蕃之該洽則於東坡之意蓋幾可以無憾矣見渭南集又見文獻通考

註蘇例言 十二則

邵長蘅子湘纂

詩家編年始於少陵當時號爲詩史少陵以後惟東坡之詩於編年爲宜常跡公生平自嘉祐登朝歷熙寧元豐元祐紹聖三十餘年其閒新法之廢興時政之得失賢姦之屢起屢仆按其作詩之歲月而考之往往概見事實而於出處大節兄弟朋友過從離合之踪跡爲尤詳更千百年猶可想見故編年宜也吳興施氏生南宋之初去公之世未遠其詮訂先後頗爲精當卷端數語釐識大畧不屑屑排纘年月如黃鶴

魯訔之編杜取譏後世識者謂自有蘇註來最稱善本云

施註佳處每於註題之下多所發明少或數言多至數百言或引事以徵詩或因詩以存人或援此以証彼務闡詩旨非取汎濫間亦可補正史之闕遺卽此一端迥非諸家可及

施氏註蘇原釐四十二卷世傳之者絕少商丘公購得宋槧舊本闕十二卷僅存三十卷而蟲蠹腐蝕脫簡又幾什二是書於闕卷則參酌王註徵引羣書以補之脫行殘幅可補者補之不可補則闕之至舊註所

未收不敢輕有增益懼失實也

計闕 一卷 二卷 五卷 六卷 八卷 九卷 二十三卷 二十六卷 三十五卷 三十六卷 三十九卷 四十卷

註家於詩中引用故事每見輒註有尋常習見語而再註三註或至十餘註施氏亦同此弊數見不鮮累紙幾成駢拇甚無謂也是書力爲搔除複出則删有語非複出而於文義冗庬者亦從删蓋一書爲補爲删之大指如此

詩家援据該博使事奥衍少陵之後厪見東坡蓋其學富而才大自經史四庫旁及山經地志釋典道藏方言小說以至嬉笑怒罵里媪竈婦之常談一入詩中

遂成典故故曰註詩難而註蘇尤難施氏合父子數十年精力成是一編徵引必著書名詮詁不涉支離詳贍而疏通它家要難度越故註之幸存而於詩意有當者大都不敢輕去王本有可采者間取補入仍標王註以別之是書出而永嘉王氏舊本僅當先揚之糠粃亦大類已陳之芻狗矣

永嘉王氏註本孤行最久幾于家有其書顧其失大要有三不能曲爲諱也一曰分門別類失之陋西蜀趙堯卿夔舊序自言此書分五十門金華呂氏省爲三十二門而王氏因之其間篇章割裂首尾衡決有一

人一時之酬贈而強分數卷者有一題數詩而強分數卷者玩其標目了無意義且就分門之中亦必顛倒次第晚年之詩或雜於少作鳳翔之什可厠於嶺南每一繙閱輒爲惛惛讀未數篇遽思掩卷此弊最甚所當急爲疏瀹或疑詩賦分類始於昭明何獨於蘇詩苛爲責備予曰分類用之文選已厭餖飣施之杜蘇確乎不可其故好學深思者能知之

一曰不著書名失之踈王註所引故事不標出某書者十之四五僅著書名不標篇名者又居什一中間援引詳明俾覽者展卷瞭如屢屢及半耳如此註詩

註蘇例言 三

寧免疏漏之誚

一曰增改舊文失之妄王本所引每因蘇詩句字有改竄古詩以傅會之者有改竄子史他書以傅會之者魯魚亥豕觸手紛然今直古學振興之日而仍訛襲舛無一人能取而正之可嘅也其顯然謬誤者疏錄如干條名曰王註正譌附例言後

李善註選分疏句下後來註家多宗之施王二家皆然余以謂詩之有註原屬筌蹏既得之後筌蹏可棄況大家之詩每篇有全篇之構法有全篇之神味快讀徐嘸乃能得之今以故實橫隔句下使讀者之心目

多所扞格因而作者之精神亦爲晦蔽僅資漁獵奚裨風雅此不善誦詩者也是書變兩家舊例輒倣須溪劉氏虞山錢氏註杜例離註於全詩之後閲之心目開明覺蘇詩壁壘爲之一變商丘公欣然擊節曰此舉足當玉局功臣抑不愧吳興益友矣

引詩註詩始於宋人余謂作者興會偶至暗合古人大家往往有此一經註出翻似有意顧近來風尚如是予亦不能盡畧也第取其雅馴者存之聊資吟諷

註經删汰而重複仍有覽者或以爲疑不知詩中用事有正用有旁用旁用先註則正用必須再註亦有在

此卷證某字在彼卷則證某字事須兩見者亦有此詳彼畧義貴互明或單詞片語偶爾失檢者重複要是不免較之原本十損其七矣

是書編纂開於五月蕆事於臘月發凡起例商丘公實總其成其閒綴殘葺舊則顧子俠君（嗣立）經其始校疑訂譌則宋子山言（至）襄其終至於補者補刪者刪（長蘅）於此不無小補所媿聞見淺尠時日趣迫寧免誤漏請竢後賢是冬（長蘅）適以病歸里末帙闕註四卷（三十五　三十六　三十九　四十）則屬高郵李子百藥（必恒）代箋勞不可沒也乃附著之

王註正譌

分類蘇詩註三十二卷舊刻永嘉王十朋龜齡纂集註中引用故事謬誤實多有極淺陋可爲失笑者王龜齡爲南渡名臣著梅溪集如干卷行世史稱其天資穎悟廷對萬餘言淹通經史學者爭傳誦之以擬鼂董劉氏珙序其集有云平居無所嗜好顧喜爲詩渾厚質直如其爲人又云不爲浮靡之文然規模宏闊骨骼開張世之盡力於文字者或不能及其所註蘇詩雖云百家必經一手采輯何至紕繆乃爾愚意當是賈人俗本版寫諸譌而後生耳食沿踵至今釋氏所謂可憐愍者會予

有訂讐之役乃稍加是正隨手繙得如干條略疏出處件繫之如左其它譌處尚多不及枚舉今所抉擿依原註分屬諸家不欲獨令王氏蒙陋名也長蘅識

卷之一

壬寅二月有詔令郡吏分往屬縣詩誰言董公健程氏縯註引董卓傳卓議廢立云云按天下健者何必董公語在袁紹傳非卓傳也註譌今正王本一卷

東湖詩江水綠如藍縯註引李白詩云山光水色綠如藍按白詩山光水色青於藍非綠如藍也註訛今正

王本四卷

將往終南和子由見寄詩我今廢學如寒竽久不吹之澀欲無趙氏堯卿註云齊宣王好竽而南郭先生不善吹之澀則不能成聲按南郭先生事出韓子齊宣王好竽必三百人齊吹先生不善竽而濫於三百之中以食祿云云並無澀不能成聲語註又不著書名以[illegible]而傅會之者今正王本十卷

卷之二

南溪會景詩居民惟白帽堯卿註云管寧不應州縣之辟嘗著白帽按三國管寧傳寧常皁帽布襦袴布帬又四時祠祭加衣服著絮巾故在遼東所有白布

單衣云云並無白帽字又寧浮海還郡黃初青龍之閒屢被徵命寧皆堅辭不起從無州縣辟舉事註譌今刪王本二十八卷

竹䶉詩鴟夷讓圓滑續註引揚雄酒箴云鴟夷員滑腹大如壺按酒箴乃鴟夷滑稽滑音骨稽音雞腹如大壺非員滑也註因詩傅會今正王本三十卷

和董傳留別詩厭伴老儒烹瓠葉趙氏次公註引劉昆傳云以素米瓠葉爲俎豆按昆傳是素木非素米也註譌今正王本十六卷

卷之六

新城道中詩樹頭初日挂銅鉦次公註引先生日喻云生而眇者不識日問之或告之曰日之狀如銅鉦按先生集本日之狀如銅槃非銅鉦也註譌今刪王本二十九卷

於潛僧綠筠軒詩不可使居無竹縯註云王羲之嘗寄居空宅中便令種竹按晉書種竹爲王徽之事徽之字子猷羲之子也世說並同註譌今正王本二十九卷

卷之八

賀陳述古弟章生子詩叅軍新婦賢相敵李氏厚註引王渾妻鍾氏新婦得配叅軍語叅軍謂渾弟淪云云又孔毅父妻輓詞生子勝王濟縯又註曰叅軍爲渾

中弟淪也按世說注渾弟倫字太冲歷大將軍參軍年二十五卒三國志魏書渾父昶爲魏司空諸子中並無名淪者兩引俱訛今正　王本二十卷

卷之九

戲書吳江三賢畫像詩卻遣姑蘇有麋鹿　厚　註引伍子胥諫吳王夫差不聽子胥曰臣今見麋鹿遊於姑蘇之臺宮中生荊棘露沾衣也　云云　按二語本史記淮南王傳漢書在伍被傳麋鹿句乃伍被述子胥諫語宮中荊棘句乃被自諫淮南語故曰今臣亦見宮中生荊棘　云云　註既不著書名又刪去虛字兩意併作

一語牽合可笑今正王本二十九卷

捕蝗至浮雲嶺詩殺馬毀車從此逝續註引後漢周穉傳馮良年三十云云按馮良事見周爕傳非穉也後漢書列傳並無周穉其人註譌今正王本十八卷

聽賢師琴詩但聞牛鳴盎中雉登木續註引管子地負篇凡聽宮如牛鳴窌云云按管子有地員篇無地負篇又聽徵聽羽每句叶韻故曰凡聽宮如牛鳴窌中宮與中叶芟去中字不叶韻矣註譌今正王本七卷

李行中醉眠亭注引李白詩我醉欲眠君且去明朝有意抱琴來厚註訛作明朝無事抱琴來便爾傖父今

正 王本二十八卷

次韻孫職方蒼梧山詩來依鵬背負青山 次公註引莊子鵬背負青山云云 按此詩山字出韻本應作天莊子逍遙遊篇背負青天而莫之夭閼亦無鵬背負青山句註紕繆杜撰今正 王本十二卷

謝人見和前篇詩也知不作堅牢玉 次公註引漢書息夫躬傳器用鹽惡又引鄧展曰鹽不堅牢也按漢書乃器用盬惡盬音公戶反非鹽惡也註譌今正 王本二十八卷

出城送客詩東望峨眉小廬山翠作堆公自註郡東廬山絕類峨眉而小 見王本八卷 又有遊廬山次韻章傳道 見王

本三卷又有盧山五詠見王本四卷按密州有盧山以秦時博士盧敖避難此山得名先生超然臺記曰其東則盧山盧敖之所從遁也即指此是時先生方守高密數詩所稱乃密之盧山非江西之廬山也王本皆譌今正

卷之十二

子由將赴南都詩會看銅狄兩咨嗟宋氏援註引後漢方朔傳云云後漢安得有方朔傳按摩挲銅人事見薊子訓本傳於方朔無涉註訛今正王本十八卷

卷之十四

次韻黃魯直見贈古風不知市人中自有安期生援註

云前漢郊祀志安期生瑯琊人賣藥東海邊時人皆言千歲按漢書郊祀志無此數語蓋出抱朴子及列仙傳而援註誤以爲漢書也今正王本十三卷

卷之二十

別黃州詩桑下豈無三宿戀厚註後漢裴楷言浮屠不三宿桑下云云三十五卷鬱孤臺詩註亦云按裴楷字叔則乃晉人非後漢也後漢另有襄楷字公矩當桓帝時再疏言災異事浮屠不三宿桑下乃疏中引用四十二章經語厚註再引俱訛今正王本一卷

卷之二十一

廬山開先漱玉亭王本訛作開元題下註云開元禪院舊傳梁昭明太子之居棲隱也唐玄宗卽位始號開元有招隱橋玄宗所作云云按黃庭堅開先禪院修造記畧曰南唐中主年少好文無經世意慕物外之名問舍五老峰下有野夫獻地買之萬金以爲書堂及卽位以爲寺以野夫獻地爲已有國之祥故名開先後遷洪都蓋嘗彌節故榻與畫像存焉又山志稱中主讀書臺在寺後世以爲李後主者誤以爲梁昭明者尤誤又按史南唐中主李景初名景通後更名㬌避周諱復爲景廟號元宗開先寺本末甚明無可

疑者王本既訛開先爲開元又訛南唐之元宗爲唐開元天寶之玄宗又云唐玄宗即位始號開元其杜撰蹻駮乃爾梅溪何至是想後人僞託耶今正王本四卷

張近幾仲有龍尾子石硯詩飄零高下隨風花次公註引南史范續傳對竟陵王云云續名凡三見按南史並無范續其人對竟陵王語乃范縝非續也縝字子眞爲范雲從父兄註訛今正王本三十卷

次韻滕元發許仲途秦少遊詩起句二公詩格老彌新醉後狂吟許野人按二公謂滕許野人公自謂也頸聯兩邦旌纛十畞鋤犂正分承起句詩意甚明次公

註云兩邦旌纛意者滕元發許仲途皆爲太守乎然破題指之爲許野人未省云云註詩如此索解直是兒童之見不待識者方爲盧胡也今刪王本十三卷

卷之二十五

詩題狄詠石屏按狄詠樞密使武襄公之子與先生同館伴遼使事載年譜中王本訛秋詠石屏今正王本三十卷

卷之二十六

書鄢陵王主簿所畫折枝詩雙翎決將起次公註曰莊子言蜩鸒鳩云我決起而飛也按註意本引莊子逍遙游篇蜩與鸒鳩笑之曰我決起而飛搶榆枋語乃

以意竄改拖沓殊不成句今正王本二十七卷

和張耒高麗松扇詩猶勝漢宫悲婕妤次公註引漢書云班婕妤初大幸後趙飛燕寵盛倢伃失寵遂作秋扇詩云云按秋扇詩即樂府怨歌行新製齊紈素一首是也詩不載漢書註誤牽合今正王本三十卷

贈李道士詩戲著幼輿巖石裏次公註引世説云愷之畫謝鯤在石岩裏人問其故曰鯤嘗云一丘一壑自謂過庾亮此子宜置丘壑中云云按晉書謝鯤傳明帝在東宫問鯤論者以君方庾亮何如答曰端委廟堂使百僚準則鯤不如亮一丘一壑自謂過之又世

說顧長康畫謝幼輿在岩石裏人問其所以曰此子宜置丘壑中按此二条各是一事置丘壑中是長康語一丘一壑是鯤對明帝語註以二事牽合語亦拖沓不成文理今正（王本十九卷）

卷之二十七

慶源宣義王丈詩拂衣自註下下考（師）注前漢陽城爲道州刺史（云云）漢唐不辨可爲索笑今正（王本九卷）

卷之三十二

滕達道挽詞雲夢連江雨（次公）註云雲夢澤在湖州常州之地按周禮職方氏正南曰荊州其澤藪曰雲夢

本作曹註曰雲在江北夢在江南今江夏安陸華容枝江皆其地左傳定公四年楚子涉睢濟江入於雲中杜預注曰入雲夢澤中所謂江南之夢廣輿記雲夢澤在安陸相如傳云楚有七澤其小者曰雲夢方九百里卽指此其與湖常相距二千餘里不知註何所據而云然今删　王本二十卷

卷之三十五

宿建封寺曉登盡善亭望韶石詩再使魚龍舞洞庭次公註莊子言黃帝張咸池之樂於洞庭之野而魚龍舞焉按莊子天運篇北門成問於黃帝曰帝張咸池

之樂於洞庭之野吾始聞之懼復聞之怠云云通篇無而魚龍舞焉句杜譔今正王本一卷

新釀桂酒詩酒材已遣門生致厚註云周禮酒人篇以式法授酒材按周禮安有篇名式法授酒材亦酒正之職非酒人也今正王本八卷

卷之三十六

答周循州詩且覓黃精與療饑演註引毛詩泌之洋洋可以療饑因蘇詩有療饑字輒改寘毛詩樂饑爲療饑此最眼前謬誤而至今仍之不能改豈不可笑王本十四卷

小圃五詠甘菊詩孤根蔭長松獨秀無衆草次公註引左傳松柏之下其草不植而菊生焉按左傳襄公二十九年鄭行人子羽曰是謂不宜必代之昌松柏之下其草不植竝無而菊生焉句註杜撰今刪王本二十五卷

次韻高要令劉湜峽山寺見寄詩應憐五管客曾作八州督援註引莊子頤隱於齊肩高於頂句贅指天上有五管也云云按此用五管是嶺外地名唐以廣桂容邕南安五府屬嶺南節度使謂之五管詩云五管客公自謂也註引莊子大謬莊註五管五腧也詩意當作何解又按此數語莊子凡再見人間世篇則曰

支離疏者頤隱於齊肩高於頂會撮指天五管在上大宗師篇則曰曲僂發背上有五管頤隱於齊肩高於項句贅指天註引顛倒錯亂兩按之俱不合杜撰每每如此王本二十三卷

卷之三十七

安期生詩茂陵秋風客望祀猶望祖猶蟻蜂按望祀本用漢郊祀志武帝望祀蓬萊之屬幾至殊庭語故結曰海上如瓜棗可聞不可逢詩意甚明王本譌作望祖次公註乃爲之說曰祖字指言高祖謂高祖尚不見安期而況武帝云云詩意上下不

屬穿鑿支離今正王本十九卷

卷之三十八

畱別廉守詩編萑以苴豬次公註編萑綴茅也又引左傳或取一編萑焉云云按詩語全用禮記內則編萑以苴之句萑細葦也解作綴茅已誤又左傳昭二十七年或取一編菅焉杜云苫也訛編菅爲編萑尤誤今正王本十六卷

和黃秀才鑒空閣詩誰言小叢林清絕冠五嶺按詩意閣在嶺外甚明胡氏邦衡註題乃引杭州圖經云云殊無謂今刪王本二十八卷

卷之三十九

用前韻再和霍大夫詩郤下虎頭州 次公註云虎頭州以言常州蓋虎頭顧愷之也愷之晉陵無錫人無錫乃今常州 云云 按虎頭州虔州也考之地里志一統志及圖經諸書從無以常州爲虎頭州至謂因顧愷之得名尤支離鑿空當時已有辨其訛者而至今仍之不解 王本十四卷

王子立去歲送子由北歸往返百舍今又相逢贛上戲用舊韻作詩留別 次公註王子立住鶴田山 云云 按王子立名適爲子由之壻第十七卷有贈王郎一首

郎子立也又二十七卷有次韻王郎子立風雨有感詩二十八卷有哭王子立次兒子迨韻三首先生度嶺北歸時距子立之歿蓋十餘年矣是詩留别乃王子直秀才非子立也王子直名原虔州人先生在惠州子直不遠千里來訪留七十日去事載年譜先生有贈王子直秀才詩見三十五卷起句云萬里雲山一破裘今用其韻也題與註竝譌今正　王本十六卷

東坡先生笠屐圖

予家藏絹本東坡先生笠屐圖當是元人筆其上題曰東坡一日訪黎子雲塗中値雨乃於農家假篛笠木屐戴履而歸婦人小兒相隨爭笑邑犬爭吠東坡曰笑所怪也吠所怪也覺坡僊瀟灑出塵之致六百餘年後猶可想見會予訂補施注蘇詩成因橅其僞於卷端以識嚮往蓋康熙己卯六月二日也漫堂宋犖題

宋孝宗贈蘇文忠公太師敕

朕承絶學於百聖之後探微言於六籍之中將興起於斯文爰緬懷於故老雖儀刑之莫覿尚簡策之可求揭爲儒者之宗用錫帝師之寵故禮部尚書端明殿學士贈資政殿學士謚文忠蘇軾養其氣以剛大尊所聞而高明博觀載籍之傳幾海涵而地負遠追正始之作殆玉振而金聲知言自况於孟軻論事肎卑於陸贄方嘉祐全盛嘗膺特起之招至熙寧紛更廼陳長治之策歎異人之間出驚讒口之中傷放浪嶺海而如在朝廷斟酌古今而若斡造化不可奪者嶤然之節莫之致者自

然之名經綸不究於生前議論常公於身後人傳元祐之學家有眉山之書朕三復遺編久欽高躅王佐之才可大用恨不同時君子之道闇而彰是以論世儻九原之可作庶千載以聞風惟而英爽之靈服我衮衣之命可特贈太師餘如故

宋孝宗御製文忠蘇軾文集贊并序

成一代之文章必能立天下之大節立天下之大節非其氣足以高天下者未之能焉孔子曰臨大節而不可奪君子人歟孟子曰我善養吾浩然之氣以直養而無害則塞乎天地之閒蓋存之於身謂之氣見之於事謂之節節也氣也合而言之道也以是成文剛而無餒故能參天地之化開盛衰之運不然則雕蟲篆刻童子之事耳焉足與論一代之文章哉故贈太師謚文忠蘇軾忠言讜論立朝大節一時廷臣無出其右負其豪氣志在行其所學放浪嶺海文不少衰力斡造化元氣淋漓

窮理盡性貫通天人山川風雲草木華實千彙萬狀可喜可愕有感於中一寓之於文雄視百代自作一家渾涵光芒至是而大成矣朕萬幾餘暇紬繹詩書他人之文或得或失多所取舍至於軾所著讀之終日亹亹忘倦常寘左右以爲矜式信可謂一代文章之宗也歟乃作贊曰

維古文章言必己出綴詞緝句文之蟊賊手扶雲漢斡造化機氣高天下乃克爲之猗嗟若人冠冕百代忠言讜論不顧身害凜凜大節見於立朝放浪嶺海侶於漁樵歲晚歸來其文益偉波瀾老成無所附麗昭晰無疑

優游有餘跨唐越漢自我師模賈馬豪奇韓柳雅健前哲典刑未足多羨敬想高風恨不同時掩卷三歎播以聲詩

乾道九年閏正月望選德殿書賜蘇嶠

宋史本傳

元史臣脫脫撰

蘇軾字子瞻眉州眉山人生十年父洵游學四方母程氏親授以書聞古今成敗輒能語其要程氏讀東漢范滂傳慨然太息軾請曰軾若爲滂母許之否乎程氏曰汝能爲滂吾顧不能爲滂母邪比冠博通經史屬文日數千言好賈誼陸贄書既而讀莊子歎曰吾昔有見口未能言今見是書得吾心矣嘉祐二年試禮部方時文磔裂詭異之弊勝主司歐陽修思有以救之得軾刑賞忠厚論驚喜欲擢冠多士猶疑其客曾鞏所爲但寘第

二復以春秋對義居第一殿試中乙科後以書見修修語梅聖俞曰吾當避此人出一頭地聞者始譁不厭久乃信服丁母憂五年調福昌主簿歐陽修以才識兼茂薦之秘閣試六論舊不起草以故文多不工軾始具草文義粲然復對制策入三等自宋初以來制策入三等惟吳育與軾而已除大理評事簽書鳳翔府判官關中自元昊叛民貧役重岐下歲輸南山木栰自渭入河經砥柱之險衙吏踵破家軾訪其利害爲修衙規使自擇水工以時進止自是害減半治平二年入判登聞鼓院英宗自藩邸聞其名欲以唐故事召入翰林知制誥宰

相韓琦曰軾之才遠大器也他日自當爲天下用要在朝廷培養之使天下之士莫不畏慕降伏皆欲朝廷進用然後取而用之則人人無復異詞矣今驟用之則天下之士未必以爲然適足以累之也英宗曰且與脩注如何琦曰記注與制誥爲鄰未可遽授不若於館閣中近上貼職與之且請名試英宗曰試之未知其能否如軾有不能邪琦猶不可及試二論復入三等得直史館軾聞琦語曰公可謂愛人以德矣會洵卒賻以金帛辭之求贈一官於是贈光祿丞洵將終以兄太白早亡子孫未立妹嫁杜氏卒未葬屬軾軾既除喪即葬姑後官

可蔭推與太白曾孫彭熙寧二年還朝王安石執政素惡其議論異己以判官告院四年安石欲變科舉興學校詔兩制三館議軾上議曰得人之道在於知人知人之法在於責實使君相有知人之明朝廷有責實之政則胥史皁隸未嘗無人而況於學校貢舉乎雖因今之法臣以爲有餘使君相不知人朝廷不責實則公卿侍從常患無人而況學校貢舉乎雖復古之制臣以爲不足夫時有可否物有廢興方其所安雖暴君不能廢及其既厭雖聖人不能復故風俗之變法制隨之譬如江河之徙移彊而復之則難爲力慶曆固嘗立學矣至於

今日惟有空名僅存今將變今之禮易今之俗又當廢民力以治宮室斂民財以食游士百里之內置官立師獄訟聽於是軍旅謀於是又簡不率教者屏之遠方則無乃徒爲紛亂以患苦天下耶若乃無大更革而望有益於時則與慶曆之際何異故臣謂今之學校特可因仍舊制使先王之舊物不廢於吾世足矣至於貢舉之法行之百年治亂盛衰初不由此陛下視祖宗之世貢舉之法與今爲孰精言語文章與今爲孰優所得人才與今爲孰多天下之事與今爲孰辦較此四者之長短其議決矣今所欲變改不過數端或曰鄉舉德行而畧

文詞或曰專取策論而罷詩賦或欲兼采譽望而罷封彌或欲經生不貼墨而考大義此皆知其一不知其二者也願陛下留意於遠者大者區區之法何預焉臣又切有私憂過計者夫性命之説自子貢不得聞而今之學者恥不言性命讀其文浩然無當而不可窮觀其貌超然無著而不可挹此豈眞能然哉蓋中人之性安於放而樂於誕耳陛下亦安用之議上神宗悟曰吾固疑此得軾議意釋然矣卽日召見問方今政令得失安在雖朕過失指陳可也對曰陛下生知之性天縱文武不患不明不患不勤不患不斷但患求治太急聽言太廣

進人大銳願鎮以安靜待物之來然後應之神宗悚然曰卿三言朕當熟思之凡在館閣皆當爲朕深思治亂無有所隱軾退言於同列安石不悅命權開封府推官將困之以事軾決斷精敏聲聞益遠會上元敕府市浙燈且令損價軾疏言陛下豈以燈爲悅此不過以奉二宮之歡耳然百姓不可戶曉皆謂以耳目不急之翫奪其口體必用之資此事至小體則甚大願追還前命卽詔罷之時安石創行新法軾上書論其不便曰臣之所欲言者三言而已願陛下結人心厚風俗存紀綱人主之所恃者人心而已如木之有根燈之有膏魚之有水

農夫之有田商賈之有財失之則亡此理之必然也自古及今未有和易同衆而不安剛果自用而不危者陛下亦知人心之不悅矣祖宗以來治財用者不過三司今陛下不以財用付三司無故又創制置三司條例一司使六七少年日夜講求於內使者四十餘輩分行營幹於外夫制置三司條例司求利之名也六七少年與使者四十餘輩求利之器也造端宏大民實驚疑創法新奇吏皆惶惑以萬乘之主而言利以天子之宰而治財論說百端喧傳萬口然而莫之顧者徒曰我無其事何恤於人言操罔罟而入江湖語人曰我非漁也不如

捐罔罟而人自信驅鷹犬而赴林藪語人曰我非獵也不如放鷹犬而獸自馴故臣以爲消讒慝而召和氣則莫若罷條例司今君臣宵旰幾一年矣而富國之功茫如捕風徒聞内帑出數百萬緡祠部度五千餘人耳以此爲術其誰不能而所行之事道路皆知其難汴水濁流自生民以來不以種稻今欲陂而清之萬頃之稻必用千頃之陂一歲一淤三歲而滿矣陛下遂信其説即使相視地形所在鑿空訪尋水利妄庸輕剽率意爭言官司雖知其疎不敢便行抑退追集老少相視可否若非灼然難行必須且爲興役官吏苟且順從眞謂陛下

有意興作上靡帑廩下奪農時隄防一開水失故道雖食議者之肉何補於民臣不知朝廷何苦而爲此哉自古役人必用鄉户今者徒聞江浙之間數郡顧役而欲措之天下單丁女户蓋天民之窮者也而陛下首欲役之富有四海忍不加恤自楊炎爲兩稅租調與庸既兼之矣奈何復欲取庸萬一後世不幸有聚斂之臣庸錢不除差役仍舊推所從來則必有任其咎者矣青苗放錢自昔有禁今陛下始立成法每歲常行雖云不許抑配而數世之後暴君汙吏陛下能保之與計願請之户必皆孤貧不濟之人鞭撻已急則繼之逃亡不還則均

及鄰保勢有必至異日天下恨之國史記之曰青苗錢自陛下始豈不惜哉且常平之法可謂至矣今欲變爲青苗壞彼成此所喪逾多虧官害民雖悔何及昔漢武帝以財力匱竭用賈人桑羊之說買賤賣貴謂之均輸於時商賈不行盜賊滋熾幾至於亂孝昭既立霍光順民所欲而予之天下歸心遂以無事不意今日此論復興立法之初其費已厚縱使薄有所獲而征商之額所損必多譬之有人爲其主畜牧以一牛易五羊一牛之失則隱而不言五羊之獲則指爲勞績今壞常平而言青苗之功虧商稅而取均輸之科何以異此臣竊以爲

過矣議者必謂民可與樂成難與慮始故陛下堅執不顧期於必行此乃戰國貪功之人行險僥倖之說未及樂成而怨已起矣臣之所願陛下結人心者此也國家之所以存亡者在道德之淺深不在乎强與弱曆數之所以長短者在風俗之薄厚不在乎富與貧人主知此則知所輕重矣故臣願陛下務從道德而厚風俗不願陛下急於有功而貪富强愛惜風俗如護元氣聖人非不知深刻之法可以齊衆勇悍之夫可以集事忠厚近於迂闊老成初若遲鈍然終不肯以彼易此者知其所得小而所喪大也仁祖持法至寬用人有敘專務掩覆

過失未嘗輕改舊章考其成功則曰未至以言乎用兵則十出而九敗以言乎府庫則僅足而無餘徒以德澤在人風俗知義故升遐之日天下歸仁焉議者見其末年吏多因循事不振舉乃欲矯之以苛察齊之以智能招來新進勇銳之人以圖一切速成之效未享其利澆風已成多開驟進之門使有意外之得公卿侍從跬步可圖俾常調之人舉生非望欲望風俗之厚豈可得哉近歲樸拙之人愈少巧進之士益多惟陛下哀之救之以簡易爲法以清淨爲心而民德歸厚臣之所願陛下厚風俗者此也祖宗委任臺諫未嘗罪一言者縱有薄

責旋卽超升許以風聞而無官長言及乘輿則天子改容事關廊廟則宰相待罪臺諫固未必皆賢所言亦未必皆是然須養其銳氣而借之重權者豈徒然哉將以折奸臣之萌也今法令嚴密朝廷清明所謂奸臣萬無此理然養猫以去鼠不可以無鼠而養不捕之猫畜狗以防盜不可以無盜而畜不吠之狗陛下得不上念祖宗設此官之意下爲子孫萬世之防臣聞長老之談皆謂臺諫所言常隨天下公議公議所與臺諫亦與之公議所擊臺諫亦擊之今者物論沸騰怨讟交至公議所在亦知之矣臣恐自兹以往習慣成風盡爲執政私人

以致人主孤立紀綱一廢何事不生臣之所願陛下存紀綱者此也軾見安石贊神宗以獨斷專任因試進士發策以晉武平吳以獨斷而克苻堅伐晉以獨斷而亡齊桓專任管仲而霸燕噲專任子之而敗事同而功異爲問安石滋怒使御史謝景溫論奏其過窮治無所得軾遂請外通判杭州高麗入貢使者發幣於官吏書稱甲子軾郤之曰高麗於本朝稱臣而不稟正朔吾安敢受使者易書稱熙寧然後受之時新政日下軾於其間每因法以便民民賴以安徙知密州司農行手實法不時施行者以違制論軾謂提舉官曰違制之坐若自朝

廷誰敢不從今出於司農是擅造律也提舉官驚曰公姑徐之未幾朝廷知法害民罷之有盜竊發安撫司遣三班使臣領悍卒來捕卒凶暴恣行至以禁物誣民入其家爭鬬殺人且畏罪驚潰將爲亂民奔訴軾軾投其書不視曰必不至此散卒聞之少安徐使人招出戮之徙知徐州河決曹村泛於梁山泊溢於南清河滙於城下漲不時洩城將敗富民爭出避水軾曰富民出民皆動搖吾誰與守吾在是水決不能敗城驅使復入軾詣武衛營呼卒長曰河將害城事急矣雖禁軍且爲我盡力卒長曰太守猶不避塗潦吾儕小人當效命率其徒

持畚鍤以出築東南長堤首起戲馬臺尾屬於城雨日夜不止城不沈者三版軾廬於其上過家不入使官吏分堵以守卒全其城復請調來歲夫增築故城爲木岸以虞水之再至朝廷從之徙知湖州上表以謝又以事不便民者不敢言以詩託諷庶有補於國御史李定舒亶何正言摭其表語並媒蘖所爲詩以爲訕謗逮赴臺獄欲寘之死鍛鍊久之不决神宗獨憐之以黄州團練副使安置軾與田父野老相從溪山間築室於東坡自號東坡居士三年神宗數有意復用輒爲當路者沮之神宗嘗語宰相王珪蔡確曰國史至重可命蘇軾成之

珪有難色神宗曰軾不可姑用曾鞏鞏進太祖總論神宗意不允遂手札移軾汝州有曰蘇軾黜居思咎閱歲滋深人材實難不忍終棄軾未至汝上書自言饑寒有田在常願得居之朝奏夕報可道過金陵見王安石曰大兵大獄漢唐滅亡之兆祖宗以仁厚治天下正欲革此今西方用兵連年不解東南數起大獄公獨無一言以救之乎安石曰二事皆惠卿啓之安石在外安敢言軾曰在朝則言在外則不言事君之常禮耳上所以待公者非常禮公所以待上者豈可以常禮乎安石厲聲曰安石須說又曰出在安石口入在子瞻耳又曰人須

是知行一不義殺一不辜得天下弗爲乃可軾戲曰今之君子爭減半年磨勘雖殺人亦爲之安石笑而不言至常神宗崩哲宗立復朝奉郎知登州召爲禮部郎中軾舊善司馬光章惇時光爲門下侍郎惇知樞密院二人不相合惇每以謔侮困光光苦之軾謂惇曰司馬君實時望甚重昔許靖以虛名無實見鄙於蜀先主法正曰靖之浮譽播流四海若不加禮必以賤賢爲累先主納之乃以靖爲司徒許靖且不可慢況君實乎惇以爲然光賴以少安遷起居舍人軾起於憂患不欲驟履要地辭於宰相蔡確確曰公徊翔久矣朝中無出公右者

軾曰昔林希同在館中年且長確曰希固當先公邪卒不許元祐元年軾以七品服入侍延和卽賜銀緋遷中書舍人初祖宗時差役行久生弊編戶充役者不習其役又虐使之多致破產狹鄉民至有終歲不得息者王安石相神宗改爲免役使戶產高下出錢顧役行法者過取以爲民病司馬光爲相知免役之害不知其利欲復差役差官置局軾與其選軾曰差役免役各有利害免役之害掊斂民財十室九空斂聚於上而下有錢荒之患差役之害民常在官不得專力於農而貪吏猾胥得緣爲奸此二害輕重蓋畧等矣光曰於君何如軾曰

法相因則事易成事有漸則民不驚三代之法兵農爲一至秦始分爲二及唐中葉盡變府兵爲長征之卒自爾以來民不知兵兵不知農農出穀帛以養兵兵出性命以衛農天下便之雖聖人復起不能易也今免役之法實大類此公欲驟罷免役而行差役正如罷長征而復民兵蓋未易也光不以爲然軾又陳於政事堂光忿然軾曰昔韓魏公刺陝西義勇公爲諫官爭之甚力韓公不樂公亦不顧軾昔聞公道其詳豈今日作相不許軾盡言耶光笑之尋除翰林學士二年兼侍讀每進讀至治亂興衰邪正得失之際未嘗不反覆開導覬有所

啟悟哲宗雖恭默不言輒首肎之嘗讀祖宗寶訓因及時事軾歷言今賞罰不明善惡無所勸沮又黄河勢方北流而彊使之東夏人入鎮戎殺掠數萬人帥臣不以聞每事如此恐寖成衰亂之漸軾嘗鎖宿禁中召入對便殿宣仁后問曰卿前年爲何官曰臣爲常州團練副使曰今爲何官曰臣今待罪翰林學士曰何以遽至此曰遭遇太皇太后皇帝陛下曰非也曰豈大臣論薦乎曰亦非也軾驚曰臣雖無狀不敢自他途以進曰此先帝意也先帝每誦卿文章必歎曰奇才奇才但未及進用卿耳軾不覺哭失聲宣仁后與哲宗亦泣左右皆感

涕已而命坐賜茶徹御前金蓮燭送歸院三年權知禮部貢舉會大雪苦寒士坐庭中噤不能言軾寬其禁約使得盡技巡鋪内侍每摧辱舉子且持暧昧單詞誣以爲罪軾盡奏逐之四年積以論事爲當軸者所恨軾恐不見容請外拜龍圖閣學士知杭州未行諫官言前相蔡確知安州作詩借郝處俊事以譏太皇太后大臣議遷之嶺南軾密疏朝廷若薄確之罪則於皇帝孝治爲不足若深罪確則於太皇太后仁政爲小累謂宜皇帝敕置獄逮治太皇太后出手詔赦之則於仁孝兩得矣宣仁后心善軾言而不能用軾出郊用前執政恩例遣

內侍賜龍茶銀合慰勞甚厚既至杭大旱饑疫並作軾請於朝免本路上供米三之一復得賜度僧牒易米以救饑者明年春又減價糶常平米多作饘粥藥劑遣使挾醫分坊治病活者甚衆軾曰杭水陸之會疫死比他處常多乃裒羨緡得二千復發橐中黃金五十兩以作病坊稍畜錢糧待之杭本近海地泉鹹苦居民稀少唐刺史李泌始引西湖水作六井民足於水白居易又浚西湖水入漕河自河入田所溉至千頃民以殷富湖水多葑自唐及錢氏歲輒浚治宋興廢之葑積為田水無幾矣漕河失利取給江潮舟行市中潮又多淤三年一

淘爲民大患六井亦幾於廢軾見茅山一河專受江潮鹽橋一河專受湖水遂浚二河以通漕復造堰牐以爲湖水蓄洩之限江潮不復入市以餘力復完六井又取葑田積湖中南北徑三十里爲長堤以通行者吳人種菱春輒芟除不遺寸草且募人種菱湖中葑不復生收其利以備修湖取救荒餘錢萬緡糧萬石及請得百僧度牒以募役者堤成植芙蓉楊柳其上望之如畫圖杭人名爲蘇公堤杭僧淨源舊居海濱與舶客交通舶至高麗交譽之元豐末其王子義天來朝因往拜焉至是淨源死其徒竊持其像附舶往告義天亦使其徒來祭

因持其國母二金塔云祝兩宮壽軾不納奏之曰高麗久不入貢失賜予厚利意欲求朝未測吾所以待之厚薄故因祭亡僧而行祝壽之禮若受而不答將生怨心受而厚賜之正墮其計今宜勿與知從州郡自以理卻之彼庸僧猾商爲國生事漸不可長宜痛加懲創朝廷皆從之未幾貢使果至舊例使所至吳越七州費二萬四千餘緡軾乃令諸州量事裁損民獲交易之利無復侵撓之害矣浙江潮自海門東來勢如雷霆而浮山峙於江中與漁浦諸山犬牙相錯洄洑激射歲敗公私船不可勝計軾議自浙江上流地名石門並山而東鑿爲

漕河引浙江及谿谷諸水二十餘里以達於江又並山爲岸不能十里以達龍山大慈浦自浦北折抵小嶺鑿嶺六十五丈以達嶺東古河浚古河數里達於龍山漕河以避浮山之險人以爲便奏聞有惡軾者力沮之功以故不成軾復言三吳之水瀦爲太湖太湖之水溢爲松江以入海海日兩潮潮濁而江清潮水常欲淤塞江路而江水清駛隨輒滌去海口常通則吳中少水患昔蘇州以東公私船皆以篙行無陸挽者自慶曆以來松江大築挽路建長橋以扼塞江路故今三吳多水欲鑿挽路爲十橋以迅江勢亦不果用人皆以爲恨軾二十

年閒再莅杭有德於民家有畫像飲食必祝又作生祠以報六年召爲吏部尚書未至以弟轍除右丞改翰林承旨轍辭右丞欲與兄同備從官不聽軾在翰林數月復以讒請外乃以龍圖閣學士出知潁州先是開封諸縣多水患吏不究本末決其陂澤注之惠民河河不能勝致陳亦多水又將鑿鄧艾溝與潁河並且鑿黃堆欲注之於淮軾始至潁遣吏以水平準之淮之漲水高於新溝幾一丈若鑿黃堆淮水顧流潁地爲患軾言於朝從之郡有宿賊尹遇等數劫殺人又殺捕盜吏兵朝廷以名捕不獲被殺家復懼其害匿不敢言軾召汝陰尉

李直方曰君能擒此當力言於朝乞行優賞不獲亦以不職奏免君矣直方有母且老與母訣而後行乃緝知盜所分捕其黨與手戟刺遇獲之朝廷以小不應格推賞不及軾請以已之年勞當改朝散郎階爲直方賞不從其後吏部爲軾當遷以符會其考軾謂已許直方又不報七年徙揚州舊發運司主東南漕法聽操舟者私載物貨征商不得留難故操舟者輒富厚以官舟爲家補其弊漏且周船夫之乏故所載率皆速達無虞近歲一切禁而不許故舟弊人困多盜所載以濟饑寒公私皆病軾請復舊從之未閲歲以兵部尚書召兼侍讀是

歲哲宗親祀南郊軾爲鹵簿使導駕入太廟有赭繖犢車并青蓋犢車十餘爭道不避儀仗軾使御營巡檢使問之乃皇后及大長公主時御史中丞李之純爲儀仗使軾曰中丞職當肅政不可不以聞之純不敢言軾於車中奏之哲宗遣使齎疏馳白太皇太后明日詔整肅儀衛自皇后而下皆毋得迎謁尋遷禮部兼端明殿翰林侍讀兩學士爲禮部尚書高麗遣使請書朝廷以故事盡許之軾曰漢東平王請諸子及太史公書猶不肎予高麗所請有甚於此其可予乎不聽八年宣仁后崩哲宗親政軾乞補外以兩學士出知定州時國是將變

軾不得入辭既行上書言天下治亂出於下情之通塞至治之極小民皆能自通迨於大亂雖近臣不能自達陛下臨御九年除執政臺諫外未嘗與羣臣接今聽政之初當以通下情除壅蔽爲急務臣日侍帷幄方當戍邊顧不得一見而行況疏遠小臣欲求自通難矣然臣不敢以不得對之故不效愚忠古之聖人將有爲也必先處晦而觀明處靜而觀動則萬物之情畢陳於前陛下聖智絶人春秋鼎盛臣願虚心循理一切未有所爲默觀庶事之利害與羣臣之邪正以三年爲期俟得其實然後應物而作使既作之後天下無恨陛下亦無悔

由此觀之陛下之有爲惟憂太晚不患稍遲亦已明矣
臣恐急進好利之臣輒勸陛下輕有改變故進此說敢
望陛下留神社稷宗廟之福天下幸甚定州軍政壞弛
諸衛卒驕惰不教軍校蠶食其廩賜前守不敢誰何軾
取貪汙者配隸遠惡繕修營房禁止飲博軍中衣食稍
足乃部勒戰法衆皆畏伏然諸校業業不安有卒史以
贓訴其長軾曰此事吾自治則可聽汝告軍中亂矣立
決配之衆乃定會春大閱將吏久廢上下之分軾命舉
舊典帥常服出帳中將吏戎服執事副總管王光祖自
謂老將恥之稱疾不至軾召書吏使爲奏光祖懼而出

訖事無一慢者定人言自韓琦去後不見此禮至今矣契丹久和邊軍不可用惟沿邊弓箭社與寇爲鄰以戰射自衛猶號精銳故相龐籍守邊因俗立法歲久法弛又爲保甲所撓軾奏免保甲及兩稅折變科配不報紹聖初御史論軾掌内外制日所作詞命以爲譏斥先朝遂以本官知英州尋降一官未至貶寧遠軍節度副使惠州安置居三年泊然無所蔕芥人無賢愚皆得其歡心又貶瓊州别駕居昌化昌化故儋耳地非人所居藥餌皆無有初僦官屋以居有司猶謂不可軾遂買地築室儋人運甓畚土以助之獨與幼子過處著書以爲樂

時時從其父老游若將終身徽宗立移廉州改舒州團練副使徙永州更三大赦遂提舉玉局觀復朝奉郎軾自元祐以來未嘗以歲課乞遷故官止於此建中靖國元年卒於常州年六十六軾與弟轍師父洵爲文既而得之於天嘗自謂作文如行雲流水初無定質但常行於所當行止於所不可不止雖嬉笑怒罵之詞皆可書而誦之其體渾潤光芒雄視百代有文章以來蓋亦鮮矣洵晚讀易作易傳未究命軾述其志軾成易傳復作論語說後居海南作書傳又有東坡集四十卷後集二十卷奏議十五卷內制十卷外制三卷和陶詩四卷一

時文人如黃廷堅晁補之秦觀張耒陳師道舉世未之識軾待之如朋儔未嘗以師資自予也自爲舉子至出入侍從必以愛君爲本忠規讜論挺挺大節羣臣無出其右但爲小人忌惡擠排不使安於朝廷之上高宗卽位贈資政殿學士諡文忠以其孫符爲禮部尚書孝宗寘其文左右讀之終日忘倦謂爲文章之宗親製集贊賜其曾孫嶠遂崇贈太師軾三子邁迨過俱善爲文邁駕部員外郎迨承務郎

過字叔黨軾知杭州過年十九以詩賦解兩浙路禮部試下及軾爲兵部尚書任右承務郎軾帥定武謫知英

州貶惠州遷儋耳漸徙廉永獨過侍之凡生理晝夜寒暑所須者一身百爲不知其難初至海上爲文曰志隱軾覽之曰吾可以安於島夷矣因命作孔子弟子別傳軾卒於常州過葬軾汝州郟城小峨眉山遂家潁昌營湖陰水竹數畝名曰小斜川自號斜川居士卒年五十二初監太原府稅次知潁昌府郾城縣皆以法令罷晚權通判中山府有斜川集二十卷其思子臺賦颶風賦早行於世時稱爲小坡蓋以軾爲大坡也其叔轍每稱過孝以訓宗族且言吾兄遠居海上惟成就此兒能文也七子籥籍節笈簞篴箾

論曰蘇軾自爲童子時士有傳石介慶曆聖德詩至蜀中者軾歷舉詩中所言韓富杜范諸賢以問其師師怪而語之則曰正欲識是諸人耳蓋已有頡頏當世賢哲之意弱冠父子兄弟至京師一日而聲名赫然動於四方既而登上第擢詞科入掌書命出典方州器識之閎偉議論之卓犖文章之雄雋政事之精明四者皆能以特立之志爲之主而以邁往之氣輔之故意之所向言足以達其有猷行足以遂其有爲至於禍患之來節義足以固其有守皆志與氣所爲也仁宗初讀軾轍制策退而喜曰朕今日爲子孫得兩宰相矣神宗尤愛其文

宫中讀之膳進忘食稱爲天下奇才二君皆有以知軾而軾卒不得大用一歐陽脩先識之其名遂與之齊豈非軾之所長不可掩抑者天下之至公也相不相有命焉嗚呼軾不得相又豈非幸歟或謂軾稍自韜戢雖不獲柄用亦當免禍雖然假令軾以是而易其所爲尚得爲軾哉

東坡先生墓誌銘

潁濱蘇轍撰

予兄子瞻謫居海南四年春正月今天子即位推恩海内澤及鳥獸夏六月公被命渡海北歸明年舟至淮浙秋七月被病卒於毗陵吴越之民相與哭於市其君子相弔於家訃聞四方無賢愚皆咨嗟出涕太學之士數百人相率飯僧惠林佛舍嗚呼斯文墜矣後生安所復仰公始病以書屬轍曰即死葬我嵩山下子爲我銘轍執書哭曰小子忍銘吾兄公諱軾姓蘇氏字子瞻一字和仲世家眉山曾大父諱杲贈太子太保妣宋氏追封

昌國太夫人大父諱序贈太子太傅妣史氏追封嘉國太夫人考諱洵贈太子太師妣程氏追封成國太夫人公生十年而先君宦學四方太夫人親授以書聞古今成敗輒能語其要太夫人嘗讀東漢史至范滂傳慨然太息公侍側曰軾若爲滂夫人亦許之否乎太夫人曰汝能爲滂吾顧不能爲滂母耶公亦奮厲有當世志太夫人喜曰吾有子矣比冠學通經史屬文日數千言嘉祐二年歐陽文忠公考試禮部進士疾時文之詭異思有以救之梅聖俞時與其事得公論刑賞以示文忠文忠驚喜以爲異人欲以冠多士疑曾子固所爲子固文

忠門下士也乃寘公第二復以春秋對義居第一殿試中乙科以書謝諸公文忠見之以書語聖俞曰老夫當避此人放出一頭地士聞者始譁不厭久乃信伏丁太夫人憂終喪五年授河南福昌主簿文忠以直言薦之秘閣試六論舊不起草以故文多不工公始具草文義粲然時以爲難比答制策賜入三等除大理評事簽書鳳翔判官長吏意公文人不以吏事責之公盡心其職老吏畏伏關中自元昊叛命人貧役重岐下歲以南山木栰自渭入河經砥柱之險衙前以破産者相繼也公徧問老校曰木栰之害本不至此若河渭未漲操栰者

以時進止可無重費也患其乘河渭之暴多方害之耳公卽修衙規使衙前得自擇水工栰行無虞乃言於府使得係籍自是衙前之害減半治平二年罷還判登聞鼓院英宗在藩聞公名欲以唐故事名入翰林宰相限以近例欲名試秘閣上曰未知其能否故試如蘇軾有不能耶宰相猶不可及試二論皆入三等得直史館丁先君憂服除時熙寧二年也王介甫用事多所建立公與介甫議論素異既還朝寘之官告院四年介甫欲變更科舉上疑焉使兩制三館議之公議上上悟曰吾固疑此得蘇軾議意釋然矣卽日名且問何以助朕公辭

避久之乃曰臣竊意陛下求治太急聽言太廣進人太銳願陛下安靜以待物之來然後應之上竦然聽受曰卿三言朕當詳思之介甫之黨皆不悅命攝開封推官意以多事困之公決斷精敏聲聞益遠會上元有旨市浙燈公密疏舊例無有不宜以玩好示人即有旨罷殿前初策進士舉子希合爭言祖宗法制非是公爲考官退擬答以進深中其病自是論事愈力介甫愈恨御史知雜事者爲誣奏公過失窮治無所得公未嘗以一言自辯乞外任避之通判杭州是時四方行青苗免役市易浙西兼行水利鹽法公於其間常因法以便民民賴

以少安高麗入貢使者淩蔑州郡押伴使臣皆本路筦庫乘勢驕橫至與鈐轄亢禮公使人謂之曰遠夷慕化而來理必恭順今乃爾暴恣非汝導之不至是也不悛當奏之押伴者懼爲之小戢使者發幣於官吏書稱甲子公卻之曰高麗於本朝稱臣而不稟正朔吾安敢受使者亟易書稱熙寧然後受之時以爲得體吏民畏愛及罷去猶謂之學士而不言姓自杭徙知密州時方行手實法使民自疏財産以定戶等又使人得告其不實司農寺又下諸路不時施行者以違制論公謂提舉常平官曰違制之坐若自朝廷誰敢不從今出於司農是

擅造律也若何使者驚曰公姑徐之未幾朝廷亦知手實之害罷之密人私以爲幸郡嘗有盜竊發而未獲安撫轉運司憂之遣一三班使臣領悍卒數千人入境捕之卒凶暴恣行以禁物誣民入其家爭鬬至殺人畏罪驚散欲爲亂民訴之公投其書不視曰必不至此潰卒聞之少安徐使人招出戮之自密徙徐是歲河決曹村泛於梁山泊溢於南清河城南兩山環繞呂梁百步扼之滙於城下漲不時洩城將敗富民爭出避水公曰富民若出民心動搖吾誰與守吾在是水決不能敗城驅使復入公履屨杖策親入武衛營呼其卒長謂之曰河

將害城事急矣雖禁軍宜爲我盡力卒長呼曰太守猶不避塗潦吾儕小人效命之秋也執梃入火伍中率其徒短衣徒跣持畚鍤以出築東南長堤首起戲馬臺尾屬於城堤成水至堤下害不及城民心乃安然雨日夜不止河勢益暴城不沈者三板公廬於城上過家不入使官吏分堵而守卒完城以聞復請調來歲夫增築故城爲木岸以虞水之再至朝廷從之訖事詔褒之徐人至今思焉徙知湖州以表謝上言事者摘其語以爲謗遣官逮赴御史獄初公既補外見事有不便於民者不敢言亦不敢默視也緣詩人之義託事以諷庶幾有補

於國言者從而媒孽之上初薄其過而浸潤不止至是不得已從其請既付獄吏必欲寘之死鍛鍊久之不決上終憐之促具獄以黄州團練副使安置公幅巾芒屩與田父野老相從溪谷之間築室於東坡自號東坡居士三年上有意復用而言者沮之上手札徙汝州畧曰蘇軾黜居思咎閲歲滋深人材實難不忍終棄未至上書自言有饑寒之憂有田在常願得居之書朝入夕報可士大夫知上之卒喜公也會晏駕不果復用至常以哲宗即位復朝奉郎知登州至登召爲禮部郎中公舊善門下侍郎司馬君實及知樞密院章子厚二人冰炭

不相入子厚每以謔侮困君實君實苦之求助於公公
見子厚曰司馬君實時望甚重昔許靖以虛名無實見
鄙於蜀先主法正曰靖之浮譽播流四海若不加禮必
以賤賢爲累先主納之乃以靖爲司徒許靖且不可慢
況君實乎子厚以爲然君實賴以少安既而朝廷緣先
帝意欲用公除起居舍人公起於憂患不欲驟履要地
力辭之見宰相蔡持正自言持正曰公佪翔久矣朝中
無出公右者公固辭持正曰今日誰當在公前者公曰
昔林希同在館中年且長持正曰希固當先公耶卒不
許然希亦由此繼補記注元祐元年公以七品服入侍

延和郎改賜銀緋二月遷中書舍人時君實方議改免役爲差役差役行於祖宗之世法久多弊編戶充役不習官府吏虐使之多以破産而狹鄉之民或有不得休息者先帝知其然故爲免役使民以戶高下出錢而無執役之苦行法者不揭上意於雇役實費之外取錢過多民遂以病若量出爲入毋多取於民則足矣君實爲人忠信有餘而才智不足知免役之害而不知其利欲一切以差役代之方差官置局公亦與其選獨以實告而君實始不悅矣嘗見之政事堂條陳不可君實忿然公曰昔韓魏公刺陝西義勇公爲諫官爭之甚力魏公

不樂公亦不顧軾昔聞公道其詳豈今日作相不許軾盡言耶君實笑而止公知言不用乞補外不許君實始怒有逐公意矣會其病卒乃已時臺諫官多君實之人皆希合以求進惡公以直形已爭求公瑕疵既不可得則因緣熙寧謗訕之說以病公公自是不安於朝矣尋除翰林學士二年復除侍讀每進讀至治亂盛衰邪正得失之際未嘗不反覆開導覬上有所覺悟上雖恭默不言聞公所論說輒冃首喜之三年權知禮部貢舉會大雪苦寒士坐庭中噤不能言公寬其禁約使得盡其技而巡鋪內臣伺其坐起過爲凌辱公以其傷動士心

虧損國體奏之有旨送內侍省撻而逐之士皆悅服嘗侍上讀祖宗寶訓因及時事公歷言今賞罰不明善惡無所勸沮又黃河勢方西流而强之使東夏人寇鎮戎殺掠幾萬人帥臣拚蔽不以聞朝廷亦不問事每如此恐寖成衰亂之漸當軸者恨之公知不見容乞外任四年以龍圖閣學士知杭州時諫官言前宰相蔡持正知安州作詩借郝處俊事以譏刺時事大臣議逐之嶺南公密疏言朝廷若薄確之罪則於皇帝孝治爲不足若深罪確則於太皇太后仁政爲小累謂宜皇帝降敕置獄逮治而太皇太后內出手詔赦之則仁孝兩得矣宣

仁后心善公言而不能用公出郊未發遣内侍賜龍茶銀合用前執政恩例所以慰勞甚厚及至杭吏民習公舊政不勞而治歲適大旱饑疫並作公請於朝免本路上供米三之一故米不翔貴復得賜度僧牒百易米以救饑者明年方春卽減價糶常平米民遂免大旱之苦公又多作饘粥藥劑遣吏挾醫分坊治病活者甚衆公曰杭水陸之會因疫病死比他處常多乃裒羨緡得二千復發私橐得黄金五十兩以作病坊稍畜錢糧以待之至於今不廢是秋復大雨太湖汎溢害稼公度來歲必饑復請於朝乞免上供米半又多乞度牒以糴常平

米幷義倉所有皆以備來歲出糶朝廷多從之由是吴越之民復免流散杭本江海之地水泉鹹苦居民稀少唐刺史李泌始引西湖水作六井民足於水故井邑日富及白居易復浚西湖放水入運河自河入田所溉至千頃然湖水多葑自唐及錢氏歲輒開治故湖水足用近歲廢而不理至是湖中葑田積二十五萬餘丈而水無幾矣運河失湖水之利則取給於江潮潮渾濁多淤河行闤闠中三年一淘爲市井大患而六井亦幾廢公始至浚茅山鹽橋二河以茅山一河專受江潮以鹽橋一河專受湖水復造堰閘以爲湖水畜洩之限然後潮

不入市且以餘力復完六井民稍獲其利矣公間至湖上周視良久曰今欲去葑田葑田如雲將安所寘之湖南北三十里環湖往來終日不達若取葑田積之湖中爲長堤以通南北則葑田去而行者便矣吳人種菱春輒芟除不遺寸草葑田若去募人種菱取其利以備修湖則湖當不復堙塞乃取救荒之餘得錢糧以貫石數者萬復請於朝得百僧度牒以募役者堤成植芙蓉楊柳其上望之如圖畫杭人名之蘇公堤杭僧有淨源者舊居海濱與舶客交通牟利舶至高麗交譽之元豐末其王子義天來朝因往拜焉至是源死其徒竊持其畫

像附舶往告義天亦使其徒附舶來祭祭訖乃言國母使以金塔二祝皇帝太皇太后壽公不納而奏之曰高麗久不入貢失賜予厚利意欲來朝以未測朝廷所以待之薄厚故因祭亡僧而行祝壽之禮禮意尠薄蓋可見矣若受而不答則遠夷或以怨怒因而厚賜之正墮其計臣謂朝廷宜勿與知而使州郡以理卻之然庸僧猾商敢擅招誘外夷邀求厚利爲國生事其漸不可長宜痛加懲創朝廷皆從之未幾高麗貢使果至公按舊例使之所至吳越七州實費二萬四千餘緡而民間之費不在乃令諸郡量事裁損比至民獲交易之利而無

侵撓之害浙江潮自海門東來勢如雷霆而浮山峙於中與漁浦諸山犬牙相錯洄洑激射歲敗公私船不可勝計公議自浙江上流地名石門並山而東鑿爲運河引浙江及谿谷諸水二十餘里以達於江又並山爲岸不能十里以達於龍山之大慈浦自浦北折抵小嶺鑿嶺六十五丈以達於嶺東古河浚古河數里以達於龍山運河以避浮山之嶮人皆以爲便奏聞有惡公成功者會公罷歸使代者盡力排之功以不成公復言三吳之水瀦爲太湖太湖之水溢爲松江以入海海日兩潮潮濁而江清潮水嘗欲淤塞江路而江水清駛隨輒滌

去海口常通則吳中少水患昔蘇州以東公私船皆以
篙行無陸挽者自慶曆以來松江大築挽路建長橋以
扼塞江路故今三吳多水欲鑿挽路爲十橋以迅江勢
亦不果用人皆恨之公二十年間再莅此州有德於其
人家有畫像飲食必祝又作生祠以報六年名入爲翰
林承旨復侍邇英當軸者不樂風御史攻公公之自汝
移常也受命於宋會神考晏駕哭於宋而南至揚州常
人爲公買田書至公喜作詩有聞好語之句言者妄謂
公聞諱而喜乞加深譴然詩刻石有時日朝廷知言者
之妄皆逐之公懼請外補乃以龍圖閣學士守潁先是

開封諸縣多水患吏不究本末決其陂澤注之惠民河河不能勝則陳亦多水至是又將鑿鄧艾溝與潁河並且鑿黃堆注之於淮議者多欲從之公適至遣吏以水平準之淮之漲水高於新溝幾一丈若鑿黃堆淮水顧流浸州境決不可爲朝廷從之郡有宿賊尹遇等數人羣黨驚劫殺變主及捕盜吏兵者非一朝廷以名捕不獲被殺者噤不敢言公名汝陰尉李直方謂之曰君能擒此當力言於朝乞行優賞不獲亦以不職奏免君矣直方退緝知羣盜所在分命弓手往捕其黨而躬往捕遇直方有母年九十母子泣别而行手戟刺而獲之然

小不應格推賞不及公爲言於朝請以年勞改朝散郎階爲直方賞朝不從其後吏部以公當遷以符會考公自謂已許直方卒不報七年徙揚州發運司舊主東南漕法聽操舟者私載物貨征商不得留難故操舟者富厚以官舟爲家補其弊漏而周船夫之乏困故其所載率無虞而速達近歲不忍征商之小失一切不許故舟弊人困多盜所載以濟饑寒公私皆病公奏乞復故朝廷從之未閱歲以兵部尚書召還兼侍讀是歲親祀南郊爲鹵簿使導駕入太廟有貴戚以其車從爭道不避仗衛公於車中劾奏之明日中使傳命申敕有司嚴整

仗衛尋遷禮部復兼端明殿翰林侍讀二學士高麗遣使請書於朝朝廷以故事盡許之公曰漢東平王請諸子及太史公書猶不肎予今高麗所請有甚於此其可予乎不聽公臨事必以正不能俯仰隨俗乞守郡自效八年以二學士知定州定久不治軍政尤弛武衛卒驕惰不教軍校蠶食其廩賜故不敢何問公取其貪汙甚者配隸遠惡然後繕修營房禁止飲博軍中衣食稍足乃部勒以戰法衆皆畏伏然諸校多不自安者卒史復以贓訴其長公曰此事吾自治則可汝若得告軍中亂矣亦決配之衆乃定會春大閱軍禮久廢將吏不識上

下之分公命舉舊典元帥常服坐帳中將吏戎服奔走執事副總管王光祖自謂老將恥之稱疾不出公召書吏作奏將上光祖震恐而出訖事無敢慢者定人言自韓魏公去不見此禮至今矣北戎久和邊兵不試臨事有不可用之憂惟沿邊弓箭社兵與寇爲鄰以戰射自衛猶號精鋭故相龐公守邊因其故俗立隊伍將校出入賞罰緩急可使歲久法弛復爲保甲所撓漸不爲用公奏爲免保甲及兩稅折變科配長吏以時訓勞不報議者惜之時方例廢舊人公坐爲中書舍人日草責降官制直書其罪誣以謗訕紹聖元年遂以本官知英州

尋復降一官未至復以寧遠軍節度副使安置惠州公以侍從齒嶺南編戸獨以少子過自隨瘴癘所侵蠻蜑所侮胸中泊然無所蔕芥人無賢愚皆得其驩心疾苦者畀之藥殞斃者納之竁又率衆爲二橋以濟病涉者惠人愛敬之居三年大臣以流竄者爲未足也四年復以瓊州别駕安置昌化昌化非人所居食飲不具藥石無有初僦官屋以庇風雨有司猶謂不可則買地築室昌化士人畚土運甓以助之爲屋三間人不堪其憂公食芋飲水著書以爲樂時從其父老遊亦無間也元符三年大赦北還初徙廉再徙永巳乃復朝奉郎提舉成

都玉局觀居從其便公自元祐以來未嘗以歲課乞遷故官止於此勳上輕車都尉封武功縣開國伯食邑九百戶將居許病暑暴下中止於常建中靖國元年六月請老以本官致仕遂以不起未終旬日獨以諸子侍側曰吾生無惡死必不墜慎無哭泣以怛化問以後事不答湛然而逝實七月丁亥也公娶王氏追封通義郡君繼室以其女弟封同安郡君亦先公而卒子三人長曰邁雄州防禦推官知河間縣事次曰迨次曰過皆承務郎孫男六人簞符箕籥筌籌明年閏六月癸酉葬於汝州郟城縣釣臺鄉上瑞里公之於文得之於天少與轍

皆師先君初好賈誼陸贄書論古今治亂不爲空言既而讀莊子喟然歎息曰吾昔有見於中口未能言今見莊子得吾心矣乃出中庸論其言微妙皆古人所未喻嘗謂轍曰吾視今世學者獨子可與我上下耳既而謫居於黄杜門深居馳騁翰墨其文一變如川之方至而轍瞠然不能及矣先君晚歲讀易玩其爻象得其剛柔遠近喜怒逆順之情以觀其詞皆迎刃而解作易傳未完疾革命公述其志公泣受命卒以成書然後千載之微言焕然可知也復作論語説時發孔氏之秘最後居海南作書傳推明上古之絶學多先儒所未達既成三

書撫之曰今世要未能信後有君子當知我矣至其遇事所爲詩騷銘記書檄論譔率皆過人有東坡集四十卷後集二十卷奏議十五卷内制十卷外制三卷公詩本似李杜晚喜陶淵明追和之者幾遍凡四卷幼而好書老而不勌自言不及晉人至唐褚薛顔柳髣髴近之平生篤於孝友輕財好施伯父太白早亡子孫未立杜氏姑卒未葬先君没有遺言公旣除喪卽以禮葬姑及官可廕補復以奏伯父之曾孫彭其於人見善稱之如恐不及見不善斥之如恐不盡見義勇於敢爲而不顧其害用此數困於世然終不以爲恨孔子謂伯夷叔齊

古之賢人曰求仁而得仁又何怨公實有焉銘曰
蘇自欒城西宅於眉世有潛德而人莫知猗歟先君名
施四方公幼師焉其學以光出而從君道直言忠行險
如夷不謀其躬英祖擢之神考試之亦既知矣而未克
施晚侍哲皇進以詩書誰實間之一斥而疏公心如玉
焚而不灰不變生死孰爲去來古有微言衆說所蒙手
發其樞恃此以終心之所涵遇物則見聲融金石光溢
雲漢耳目同是舉世畢知欲造其淵或眩以疑絶學不
繼如已斷絃百世之後豈無其賢我初從公賴以有知
撫我則兄誨我則師皆遷於南而不同歸天實爲之莫

知我哀

東坡先生年譜

五羊　王宗稷　編

毗陵後學邵長蘅重訂

仁宗景祐三年丙子

先生生於是年十二月十九日乙卯時按先生送沈逵詩云嗟我與君皆丙子又有贈長蘆長老詩云與公同丙子三萬六千日又按玉局文云十二月十九日東坡生日置酒赤壁磯上又按志林云退之以磨蝎爲身宫而僕以磨蝎爲命若以磨蝎爲命推之則爲卯時生傅藻紀年録十二月十九日卯時公生於眉山縣紗縠行私第

四年丁丑

寶元元年戊寅

二年己卯

康定元年庚辰

慶曆元年辛巳

二年壬午

是年先生七歲已知讀書按先生上韓魏公梅直講書云自七八歲知讀書又按先生長短句集洞仙歌自序云僕七歲時見眉州老尼姓朱年九十餘能知孟昶宫中事又考冷齋夜話載先生云某七八歲時

常夢游陝右

三年癸未

是年先生八歲入小學按志林云吾八歲入小學以道士張易簡爲師師獨稱吾與陳太初者又按先生作范文正公文集序云慶曆三年某始入鄉校士有自京師來以魯人石守道慶曆聖德詩示鄉先生某從旁竊觀問先生十一人何人也先生曰童子何用知之某曰此天人也耶則不敢知若亦人耳何爲其不可

四年甲申

五年乙酉

按子由作先生墓誌云公生十年而先君宦學四方太夫人親授以書問古今成敗輒能語其要太夫人讀東漢史至范滂傳慨然太息公侍側曰某若爲滂夫人亦許之否乎夫人曰汝能爲滂吾顧不能爲滂母耶公亦奮厲有當世志太夫人喜曰吾有子矣又按大全集載東坡少時語云秦少章言東坡十來歲老蘇曾令作夏侯太初論有人能碎千金之璧不能無失聲於破釜能搏猛虎不能無變色於蜂蠆之語老蘇愛此論年少所作故不傳又按趙德麟所編侯

鯖錄云東坡年十歲在鄉里見老蘇誦歐公謝宣召赴學士院仍謝賜對衣金帶及馬表老蘇令坡擬之其間有匪伊垂之帶有餘非敢後也馬不進老蘇喜曰此子他日當自用之

六年丙戌

七年丁亥

先生年十二按先生所作天石硯銘曰某年十二時於所居紗縠行宅隙地中與羣兒鑿地爲戲得異石鏗然扣之有聲又按先生作鍾子翼哀詞云某年十二先君宮師歸自江南又按先生與曾子固書云祖

父之沒某年十二矣

八年戊子

皇祐元年己丑

二年庚寅

三年辛卯

四年壬辰

先生年十七按長短句滿庭芳序云余年十七始與

劉仲達往來於眉山

五年癸巳

至和元年甲午

先生年十九始娶眉州青神王方女按先生作王氏墓誌云生十有六歲而歸於某至治平二年王氏卒年二十有七以王氏年數考之則甲午年歸於先生明矣

二年乙未

是歲先生年二十游成都謁張安道按先生作樂全先生文集序云某年二十以諸生見公成都一見待以國士有鼂美叔是年求交於先生按送美叔詩云我生二十無朋儔當時四海一子由君來扣門若有求

嘉祐元年丙申

先生年二十一舉進士按鳳鳴驛記云始余丙申歲舉進士過扶風求舍於館人不可而出次於逆旅又有寫老蘇送石舍人序紀年錄范文正公文集序云嘉祐元年始舉進士至京師牛口見月詩云忽憶丙申年京師大雨滂

二年丁酉

先生年二十二赴試禮部館於興國寺浴室院時歐陽文忠公考試得先生刑賞忠厚之至論以爲異人欲冠多士疑曾子固所爲子固文忠門下士也乃寘先生第二復以春秋對義居第一及殿試章衡牓中

進士乙科始見知於歐陽公及韓魏公富鄭公皆待以國士又按先生作太息一篇送秦少章歸京云昔吾舉進士試名於禮部歐陽文忠公見吾文且曰此我輩人也吾當避之是時士以剽裂爲文訕公者成市又有上韓太尉書云某年二十有二矣及有上梅直講書是年先生登第之後四月丁太夫人武陽君程氏憂按司馬溫公作程夫人墓誌云夫人以嘉祐二年四月癸丑終於鄉里又按老蘇寄文忠公書云一子不免丁憂今已到家紀年錄文忠公嘗令晁美叔與公定交謂公必名世且以書抵聖俞曰讀軾書不覺汗出快哉快哉老夫當避此人放出一頭地文忠公未嘗以此許人也

三年戊戌

是歲先生年二十四服除十二月侍老蘇舟行適楚

四年己亥

按先生南行前集序云己亥之歲侍行適楚舟中無事雜然有觸於中而發於詠嘆蓋家君之作與弟轍之文皆在焉謂之南行集紀年錄是年荊州上王兵部書曰自蜀至楚舟行六十日過郡十一縣二十有六公由水路至嘉州入嘉陵江由瀘渝涪忠夔等州入峽江故作嘉州過宜賓泊牛口望夫臺仙都觀入峽出峽等詩自荊門出陸由宜城襄鄧唐許尉氏至京故作淯陽早發漢水竹葉酒留尉氏阮籍嘯臺許州西湖等詩

五年庚子

是歲先生年二十五授河南府福昌縣主簿有新渠

詩其序云庚子正月予過唐州太守趙侯始復三陂疏名渠爲新渠詩五章以告於道路致侯之意紀年錄過許見范堯夫文正公文集序曰其後過許始識公之仲子今丞相堯夫

六年辛丑

是年先生二十六應中制科入第三等有應制科上兩制書及上富丞相書又有謝應中制科啟授大理評事鳳翔府簽判按先生有感舊詩序云嘉祐中予與子由奉制策寓居懷遠驛時年二十六子由年二十三耳是年十二月赴鳳翔任與子由别馬上賦詩到任有石鼓詩云冬十二月歲辛丑我初從政見魯

叟又有鳳翔八觀詩及鳳鳴驛記

七年壬寅

先生年二十七官於鳳翔二月有詔郡吏分往屬縣決囚作詩五百言寄子由又有壬寅重九不預會遊普門寺僧閣有懷子由詩及按志林有論太白山舊封公爵爲文記之是歲嘉祐七年也又有記歲暮鄉俗三首以子由和守歲詩考之云頋兔追龍蛇子由注云是歲壬寅乃知記歲暮鄉俗三詩作於壬寅歲矣

八年癸卯

先生年二十八官於鳳翔作思治論紀年錄英宗即位公在鳳翔覃恩轉大理寺丞

英宗治平元年甲辰

先生年二十九官於鳳翔紀年錄公在鳳翔磨勘轉殿中丞冬任滿還京至華陰作詩寄子由

二年乙巳

先生年三十自鳳翔罷任按子由作先生墓誌云治平二年罷還判登聞鼓院英宗皇帝在藩邸聞先生名欲以唐故事召入翰林宰相限以近例召試秘閣皆入三等得直史館是年通義郡君王氏卒於京師紀年錄五月二十八日夫人王氏卒六月六日殯於京城外夫人有子邁

三年丙午

先生年三十一在京師直史館丁老蘇憂扶護歸蜀

按歐陽文忠公作老蘇墓誌云明允太常因革禮書一百卷書成方奏未報君以疾卒實治平三年四月戊申也又按張安道作老蘇文安先生墓表云太常禮書成未報以疾卒實治平三年四月也英宗皇帝聞而傷之命有司具舟載其喪歸葬於蜀

四年丁未

先生年三十二居服制中以八月壬辰葬老蘇於眉州紀年錄神宗卽位九月十五日題摹本蘭亭記後

神宗熙寧元年戊申

先生年三十三免喪按四菩薩閣記云載四菩薩版以歸既免喪嘗與往來浮屠人勸某爲先君捨施爲大閣以藏之作記乃熙寧元年十月

二年己酉

先生年三十四還朝監官告院按烏臺詩話云熙寧二年某在京授差遣與王詵寫詩賦及蓮華經

三年庚戌

先生年三十五監官告院有送錢藻知婺州詩分韻得英字送曾子固倅越詩分韻得燕字烏臺詩話云舊例館閣補外同舍餞送必分韻又有寄劉貢甫詩

是年范景仁嘗舉先生充諫官

四年辛亥

先生年三十六任監官告院兼判尚書祠部王荆公欲變科舉上疑焉使兩制三館議之先生獻三言荆公之黨不悅命攝開封府推官有奏罷買燈疏御史知雜事誣告先生過失未嘗一言以自辯乞外任避之除通判杭州有赴任過揚州與劉貢甫孫巨源劉莘老相聚數月各以其字爲韻作詩十一月到任有初到杭州寄子由兩絶除夕先生以通判職事直都廳日暮返舍題一詩於壁[紀年錄]臘日遊孤山訪惠勤惠思二僧作詩又和李杞幷自和

五年壬子

先生年三十七在杭州通判任是歲有牡丹記其序云熙寧五年三月二十三日余從太守沈公觀花於吉祥寺是年科塲先生監試有呈試官詩及試院煎茶詩催試官考較戲作八月十七日登望湖樓是日榜出與試官兩人復留有五絶句又有送杭州進士詩序云熙寧五年錢塘之士貢於禮部者九人十月乙酉宴於中和堂作是詩以勉之十二日運司差先生往湖州相度堤岸利害與湖州太守孫莘老相見有贈莘老七絶及作山村五絶是歲又作送杜子方

詩紀年録閏七月哭歐陽公於孤山次韻惠思詩

六年癸丑

先生年三十八在杭州通判任有八月十五觀潮詩寫於安濟亭上及作仁宗皇帝飛白記其畧云熙寧六年冬以事至姑蘇安簡王公子誨出所賜公端敏二字又有作錢塘六井記其畧云熙寧五年太守陳公述古至問民之利病明年春六井畢修故詳其語以告後人運司又差先生往潤州道出秀州錢安道送茶和詩是歲有次韻答章傳道詩寄劉道原詩及和陳述古冬日牡丹詩四絶又有題贈法惠師小童

思聰紀年錄正月九日作雜興答鮮于子駿上元祥符寺九曲觀燈作詩二十一日述古邀城外尋春作詩二十七日遊風水洞作詩又作李泌留侍及和等詩冬以事至姑蘇爲王誨作仁宗御飛白記又作三瑞堂詩除夜宿常州城外作詩

七年甲寅

先生年三十九在杭州通判任是年納侍妾朝雲墓誌云朝雲姓王氏錢塘人事先生二十有三年紹聖三年卒於惠州年三十四以歲月考之熙寧之甲寅至紹聖之丙子恰二十三年乃知納朝雲在是年明矣朝雲年三十四是爲癸卯生來事先生方十二云先生以子由在濟南求爲東州守按子由超然臺賦序云子瞻通守餘杭三年不得代以轍之在濟南也

求爲東州守既得請高密五月乃有移知密州之命按先生作勤上人詩集序云熙寧七年余自錢塘赴高密又按先生辛未别天竺觀音詩序云余昔通守錢塘移莅膠西以九月二十日來别南北山道友乃知先生以秋末去杭按先生記游松江說云吾昔自杭移高密與楊元素同舟而陳令舉張子野皆從余過李公擇於湖遂與劉孝叔俱至松江夜半月出置酒垂虹亭上子野年八十五以歌詞聞於天下作定風波令及道過常州爲錢公輔作哀辭及有與段屯田詩云龍鍾三十九勞生已强半歲暮日斜時還爲

昔人嘆是年又作鳧繹先生文集序又有師子屏風贊云潤州甘露寺有唐李衛公所畱陸探微畫師子版余自錢塘移守膠西過而觀焉是年又有潤州道上過除夜詩兩絶詩見續補遺〔紀年錄〕元日以事過丹陽作寄曾元翰及柳子玉鶴林招隱幷與子玉景純唱和等詩是月秀州贈錢端公文長老等詩二十九日過毗陵跋李後主書五月作錢公輔哀詞又次韻周邠詩六月自常潤還所至作詩秋捕蝗至浮雲嶺作懷子由詩至於潛作贈毛國華野翁亭綠雲軒於潛女詩又同年臨安令劇飲幷所至諸縣有詩九月移知密州是月作勤上人詩集序十月赴密州早行馬上作沁園春十一月三日到任十二月有除夜病中贈段屯田詩〔蘅按〕是年除夜紀年錄云先生已任密州年譜云在潤州道上各以先生詩爲据依然考紀年錄是年起元日至除夜記載特詳先生以十月赴密州年譜亦云秋末去杭不應除夜仍在潤州道中姑存疑俟考

八年乙卯

先生年四十到密州任有上韓丞相論災傷書其到

郡二十餘日矣又論密州鹽稅又作後杞菊賦其序云予仕宦十有九年家日益貧移守膠西而齋厨索然按先生丁酉年登第至是恰十九年矣是年有寄劉孝叔詩及和李公擇來字韻詩及常山祈雨感應立雩泉

九年丙辰

先生年四十一在密州任作刻秦篆記云熙寧九年丙辰蜀人蘇某等守高密是年中秋歡飲達旦作水調歌頭懷子由及作薄薄酒二章又寫超然臺記寄李清臣又祭常山神文書膠西蓋公堂照壁畫贊及

作山堂銘作表忠觀碑紀年錄十二月移知徐州除夜留濰州

十年丁巳

先生年四十二在密州任按去年十二月先生已離密州當從紀年錄就差知河中府已而改知徐州四月赴徐州任有留別釋迦院牡丹呈趙倅詩按子由作先生墓誌云自密徙徐是歲河決曹村乃知是丁巳自密改東徐又與子由相會於澶濮之間相約赴彭城留百餘日宿於逍遥堂子由有兩絕先生和之徐州水患大作七月十七日河決澶州曹村埽八月二十一日及徐州城下先生治水有功至十月五日水漸退城以全朝廷降詔奬

諭作河復詩韓幹畫馬歌司馬君實獨樂園詩及送范蜀公往西京詩又有和子由水調歌頭詞及有與王定國顏長道泛舟詩有回頭四十二年非之句紀年錄元日早晴離濰州作詩青州道上大雪作詩二月到京作送范蜀公詩

元豐元年戊午

先生年四十三在徐州任適值春旱徐州城東二十里有石潭置虎頭其中可致雷雨作起伏龍行是年三月始識王適子高聞與仙人周瑤英遊作芙蓉城詩二月有旨賜錢二千四百一十萬起夫四千二十三人及發常平錢米改築徐州外小城創木岸四以

獎諭敕記併刻諸石爲熙寧防河錄云廼即徐州城之東門爲大樓堊以黄土名之曰黄樓以土實勝水故也子由作黄樓賦先生跋云元豐元年八月癸丑樓成九月庚辰大合樂以落之又有中秋月三首云六年逢此月五年照離别先生注云中秋有月凡六年矣惟去歲與子由會於此去歲之會乃逍遥堂和詩之時也又有九日黄樓作古詩一首云去年重陽不可説南城夜半千漚發之句以去年九月大水未退故有是語又作放鶴亭記滕縣公堂記鹿鳴燕詩序和魯直古風二首及次韻潛師放魚和舒堯文祈

雪詩祭文與可及作石炭詩又作日喻一篇

二年己未

先生年四十四在徐州任正月己亥同畢仲孫舒煥八人游泗之上登石室使道士戴日祥鼓雷氏琴先生有記按玉局文云僕在徐州王子立子敏皆館於官舍而蜀人張師厚來過二王方年少吹洞簫飲酒杏花下三月自徐州移知湖州按先生作張氏園亭記云余自彭城移守吳興由宋登舟三宿而至其記乃三月二十七日所作乃知三月移湖州明矣是年以四月二十九日到湖州任作送通教大師還杭州

序及爲章質夫作思堂記王定國作三槐堂記跋歐陽文忠公家書後在湖州王子立子敏皆從先生作子立墓誌云子立子敏皆從余學於吳興學道日進東南之士稱之有與王郎昆仲及兒子邁遶城觀荷花登峴山亭晚入飛英寺分韻得月明星稀四首又有泛舟城西會者五人分韻得人皆苦炎字四首又作文與可畫篔簹谷偃竹記其末云元豐二年七月七日予在湖州曝書見畫廢卷而哭失聲是歲言事者以先生湖州到任謝表以爲謗七月二十八日中使皇甫遵到湖追攝按子立墓誌云予得罪於吳興

親戚故人皆驚散獨兩王子不去送予出郊曰死生禍福天也公其如天何返取予家致之南都又按先生上文潞公書云某始就逮赴獄有一子稍長徒步相隨其餘守舍皆婦女幼稚至宿州御史符下就家取書州郡望風遣吏發卒圍船搜取長幼幾怖死既去婦女恚駡曰是好著書書成何所得而怖我如此悉取焚之八月十八日赴臺獄中有寄子由詩二首及賦榆槐竹栢四詩又有十二月二十日恭聞太皇太后升遐吏以某罪人不許成服欲哭則不可欲泣則不敢作挽詩二首已而獄具十二月二十九日責

授黃州團練副使本州安置是年子由聞先生下獄上書乞以見任官職贖先生罪責筠州酒官出獄再次寄子由二詩韻有百日歸期恰及春之句先生自八月坐獄至是踰百日矣紀年錄七月太子中允權監察御史何大正舒亶諫議大夫李定言公作爲詩文謗訕朝政及中外臣寮無所畏憚國子博士李宜之狀亦上七月二日崇政殿進呈奉聖旨送御史臺根勘二十八日皇甫遵到湖州追攝過南京文定張公上劄范蜀公上書救之

三年庚申

先生年四十五責黃州自京師道出陳州子由自南郡來陳相見三日而别先生有古詩有便爲齊安民之句又與文逸民飲别攜手河堤上作詩與子由别

乃正月十有四日也至十八日蔡州道上遇雪有次子由韻古詩二首過新息縣有示鄉人任師中一首任伋字師中眉州人嘗倅黄州卜居新息又有過淮詩游淨居寺詩至岐亭訪故人陳慥季常爲留五日賦詩一首而去以二月一日至黄州寓居定惠院有初到黄州詩按先生别王文甫子辯云僕以元豐三年二月一日到黄州家在南都獨與兒子邁來是年五月子由來齊安先生有詩迎之又有曉至巴河迎子由詩乃與子由同遊武昌西山寒溪寺有古詩一首定惠顒師爲先生竹下開嘯軒作詩記其事又作

五禽言又有定惠寺寓居月夜偶出詩云去年花落在徐州對月酣歌美清夜今年黃州見花發小院閉門風露下蓋懷在徐州與張師厚王子立子敏飲酒杏花下時也定惠有海棠一株土人不知其貴先生作詩有也知造物有深意故遣佳人在幽谷之句按黃州東坡圖云先生寓居定惠未久以是春遷臨臯亭乃舊日之回車院也又有遷居臨臯亭詩先生就臨臯亭立南堂有詩五絕又有讀戰國策及作石芝詩是歲又有答秦太虛書借得本州天慶觀道士堂冬至後坐四十九日先生乳母王氏八月卒於臨臯

亭按先生上文潞公書云到黄州無所用心覃思易論語若有所得由是言之先生到黄定居之後卽作易傳九卷論語五卷必始於是歲矣

四年辛酉

先生年四十六在黄州寓居臨臯亭正月往岐亭訪陳季常以岐亭五首考之云元豐三年正月岐亭爲留五日明年正月復往見之過古黄州獲一鑑有鑑銘云元豐四年正月余自齊安往岐亭泛舟而還過古黄州獲一鑑周尺有二寸是年先生請故營地之東名之以東坡考東坡八首序云余至黄二年日以

困匱故人馬正卿哀予乏食於郡請故營地使躬耕
其中蓋先生庚申來黄至辛酉爲二年以東坡圖考
之辛酉方營東坡次年始築雪堂有贈孔毅甫詩云
去年東坡拾瓦礫今年刈草蓋雪堂則雪堂之作在
壬戌歲矣又有中秋日飲酒江亭上有贈鄭君求字
及記游松江説聞捷説按大全集雜説云元豐辛酉
冬至僕在黄州姪安節遠來飲酒樂甚以識一時盛
事又有冬至贈安節詩云平生幾冬至少小如昨日
又有與安節夜坐賦檗字韻詩三首及正月過岐亭
作應夢羅漢記

五年壬戌

先生年四十七在黄州寓居臨臯亭就東坡築雪堂自號東坡居士以東坡圖考之自黄州門南至雪堂四百三十步堂以大雪中爲之因繪雪於四壁之間無容隙其名蓋起於此先生自書東坡雪堂四字榜之是年三月先生以事至蘄水悼徐德占詩序云元豐五年三月余以事至蘄水德占惠然見訪又有春夜行蘄水過酒家飲酒乘月至一橋上曲肱少休作西江月詞又遊蘄水清泉寺作浣溪沙詞又作寒食詩二首云自我來黄州已見三寒食太守徐君猷分

新火先生有詩謝之有臨臯亭中一危坐三見清明改新火之句七月遊赤壁有赤壁賦云壬戌之秋七月既望蘇子與客泛舟遊於赤壁之下十月又遊之有後赤壁賦云十月既望蘇子步自雪堂將歸於臨臯則壬戌之冬未遷而先生以甲子六月移汝其居雪堂止年餘由是推之先生自臨臯遷雪堂必在壬戌十月後矣又有和孔毅甫久旱已而甚雨詩云去年太歲空在酉乃知指去年辛酉言之也又按長短句有飲王文甫家集古句作墨竹定風波及夢扁舟望樓霞作鼓笛慢及記單驤孫兆事迹作怪石供及

重九作醉蓬萊示黃守徐君猷有羈旅三年之句先生庚申來黃至是恰三年矣紀年錄十二月十九東坡生日也置酒赤壁磯下踞高峯俯鵲巢酒酣笛聲起於江上客有郭古二生頗知音謂坡曰笛聲有新意非俗工也使人問之則進士李委聞坡生日作新曲曰鶴南飛以獻呼之使前則青巾紫裘腰笛而已既奏新曲又快作數弄嘹然有穿雲裂石之聲坐客皆引滿醉倒委求詩作一絕句王郎以詩見慶次其韻

六年癸亥

先生年四十八在黃州爲通判孟亨之跋子由君子泉銘及有題唐林父筆文閏八月有詩與武昌主簿吳亮工又有記承天夜遊云十月十二夜至承天寺尋張懷民相與步於中庭庭中如積水空明水中藻荇蓋竹柏影也及作一絕送曹煥往筠州序云明年

余過圓通始得其詳先生甲子歲自黃之汝遊廬山則送曹煥詩必在是年矣又夢中作祭春牛文云元豐六年十二月二十七日天欲明夢數吏人持紙請祭春牛文予取筆疾書其上紀年錄七月二十七日生小子遯小名幹兒

七年甲子

先生年四十九在黃州二月與徐得之參寥子步自雪堂至乾明寺有師中菴題名又有記定惠寺海棠說四月乃有量移汝州之命按先生長短句滿庭芳序云四月一日余將自黃移汝留別雪堂鄰里二三君子李仲覽來書以遺之詞中有坐見黃州再閏之

句按東坡圖云郡人潘邠老及弟大觀俱以詩知名多從先生游先生去以雪堂付之邠老因以居焉四月六日又作安國寺記有別黃州詩有過江夜行武昌山上聞黃州鼓角詩黃州送先生者皆至於慈湖陳季常獨至九江旣到江州和李大白潯陽宮詩其序云今予亦四十九感之次其韻因游廬山有記遊廬山說云僕初入廬山山谷奇秀平生所欲見應接不暇不欲作詩已而山中僧俗皆曰蘇子瞻來矣不覺作一絶入開先寺主僧求詩作瀑布一絶往來十餘日作漱玉亭三峽橋詩與總老同遊西林有贈總

老及題西林壁皆絶句也又有寫寶蓋頌與僊長老其序云圓通禪院先君舊遊也四月二十四日晚至宿焉明日先君忌日寫寶蓋頌以贈長老僊公蓋先生端午已在筠州計程必作宮師忌日後即爲高安之行矣途中又有題李公擇山房及過建昌李野夫公擇故居古詩一首按跋李志中文云元豐七年某舟行赴汝乃自富川陸走高安别家弟子由以冷齋夜話考之子由在筠州雲菴居洞山聰禪師亦蜀人居壽聖寺一夕三人同夢迎五祖戒和尚拊手大笑曰世間果有同夢者異哉久之東坡書至曰已至奉

新旦夕相見三人同出二十里建山寺而東坡至各
追繹所夢坡曰某年七八歲時嘗夢某身是僧往來
陝右雲菴驚曰戒陝右人也暮年棄五祖來遊高安
終於大愚逆數蓋五十年而坡時年四十九矣又以
先生古詩考之有自興國往筠宿石田驛詩及將至
筠州先寄遲适遠三猶子詩端午遊眞如寺及別子
由三首在筠州爲留十日又有初別子由至奉新作
皆先生筠州之作也七月過金陵有與葉致遠唱和
詩途中又有送沈逵赴廣南詩云嗟我與君皆丙子
四十九年窮不死又云我方北渡脫重江君復南行

輕萬里逼歲到泗州十二月十八日浴雍熙塔下作如夢令兩闋又作滿庭芳與劉元達序云余年十七與仲達往來於眉山四十九相逢於泗上晦日同遊南山話舊感嘆又有跋李志中文天石硯銘又作水龍吟及有謝黃師是除夜送酥酒詩先生上表乞於常州居住其畧云今雖已至泗州而貲用罄竭見一面前去南京聽候朝旨則是年除夜在泗州明矣紀年錄六月九日作石鍾山記畧云余自齊安舟行適臨汝而長子邁將赴饒之德興尉送之至湖口二十三日舟過蕪湖七月十八日幼子遯病亡於金陵作詩哭之曰吾年四十九羈旅失幼子

八年乙丑

先生年五十按大全集雜説騾馱鐸試筆云今日離泗州然吾方上書求居常州乃正月四日書及到南京有放歸陽羨之命遂居常州五月内復朝奉郎知登州再過密州有贈太守霍翔詩云十年不赴竹馬約蓋先生丁巳歲去密至是以成數爲十年矣過海州嘆高麗館壯麗作一絶到郡五日以禮部郎官名到省半月除起居舍人在登州有海市詩又有别登州舉人詩有嫌五日忽忽守之句又有贈杜介詩及題楞伽跋多寶院文又有題登州蓬萊閣及跋起居錢公文後紀年錄哲宗即位復朝奉郎八月十七日得旨除知登州十月十五日到登州二十日召爲禮部員外郎

哲宗元祐元年丙寅

先生年五十一以七品服入侍延和改賜銀緋尋除中書舍人按志林云元祐元年余爲中書舍人復遷翰林學士知制誥是年有法雲寺鍾銘又作眞相院釋迦舍利塔銘及作元祐元年九月六日明堂赦文又有內中告遷神御於新添修殿奉安祝文及奉告天地社稷宗廟宮觀寺院祈雪祝文五嶽四瀆祈雪祝文及任中書舍人日舉江寧府司理周種充學官及除內翰又有舉曾直自代狀紀年錄正月除中書舍人辭免狀云臣頃自貶所起知登州到任五日而名以省郎半月而擢爲右史云云今又冒榮直授躐等驟遷非惟其人旣難以處不試而用尤非所安九月一日司馬溫公薨作祭文行狀十月十

二日書黃泥坂辭遺王晉卿是日除翰林學士知制誥十一月供翰林學士職尋除侍讀名入院九日考試館職與聖求會宿玉堂作武昌西山詩十二月五日與狄詠同館北客書狄武襄事

二年丁卯

先生年五十二爲翰林學士復除侍讀有書石舍人北使序後及有與喬仝寄賀君詩其序云元祐二年仝來京師十數日予留之不可又有二月八日朝退起居院感申公故事作一絶又有書子由日本扇後及作祭王宜甫文又作興國寺六祖畫贊云嘉祐初舉進士館於興國浴室院予去三十一年而中書舍人彭器資亦館於是余往見之按先生嘉祐丁酉舉

進士至元祐丁卯恰三十一年矣是年又作西京應天院修神御畢造遷諸神祝文及奉安神宗皇帝神御祝文及景靈宮宣光殿奉安神宗皇帝御容祝文五嶽四瀆祈雨祝文天地宗廟社稷祈雨祝文景靈宮天興殿開淘井眼祭告里域眞官祝文紀年錄九月十五日邇英殿講論語終篇賜御書詩翌日進詩又進讀故事八說是年作司馬溫公神道碑又作富鄭公神道碑又作趙清獻公神道碑鄭公以元豐六年閏六月二十一日薨於洛陽至是其子紹庭請於朝命公撰碑清獻公以元豐七年八月二十六日薨於杭至是其子屼請於朝命公撰碑又作贈寫眞道士李得素曰五十之年初過二衰顏記我今如此

三年戊辰

先生年五十三任翰林學士有和子由元日省宿致

齋有白髮蒼顔五十三之句是年省試先生知貢舉
開院日有與李方叔詩序云僕與李廌方叔相知久
矣僕領貢舉事李不得第愧甚作詩謝之又和錢穆
父雪中見及有行避門生時小飲之句又充館伴北
使按先生與陳傳道書云某頃伴虜使頗能誦某文
乃知先生高文大冊傳播夷夏又豈止及於鷄林行
賈而已哉是年作呂大防范純仁左右相制端午帖
子詞元祐三年六月德音赦文及作西路闕雨祈雨
祝文按趙德麟侯鯖錄云東坡云元祐三年二月二
十一日與魯直蔡天啓會於伯時舍錄鬼仙詩又有

議論作詩付過又有論樂等説及與王晉卿論雪堂義墨及爲文驥作字説又十二月二十一日立延和殿中論盛度誥詞

四年己巳

先生年五十四任翰林學士有東太一宫修殿告十神太一眞君祝文三月内累章請郡除龍圖閣學士知杭州按子由作先生墓誌云宣仁心善先生辯蔡持正之謗出郊遣内侍賜龍茶銀合用前執政恩例先生以七月三日到杭州任謝表云江山故國所至如歸父老遺民與臣相問以先生去杭州十六年故

有是語耳到任有謁文宣王廟祝文云昔自太史通守是邦今由禁林出使浙右又有謁諸廟祝文先生之帥杭也替林子中先生有和子中詩有江邊遺愛嗁班白之句是年過吳興又作定風波爲六客詞作范文正公文集序及跋邢惇夫賦書米元章又有已巳重九和蘇伯固點絳唇是歲子由使契丹先生有詩送之有單于若問君家世莫道中朝第一人之句先生出牧餘杭子由代先生爲學士

五年庚午

先生年五十五在杭州任有論西湖狀及論高麗公

案有謝元祐五年曆日表有與劉景文蘇伯固遊七寶寺題竹上絶句又有庚午重九點絳唇十月二十六日與晦老全翁元之敦夫遊南屏寺記點茶試墨説十二月遊小靈隱聽林道人彈琴及有乞僧子珪師號狀除夜有和熙寧中題都廳詩序云熙寧中某通守此邦除夜題一詩於壁今二十年矣蓋熙寧辛亥至元祐庚午恰二十年是年又有書朱象先畫後及問淵明説

六年辛未

先生年五十六在杭州任被召按先生作别天竺觀

音三絶序云以三月九日被旨赴闕又按先生作參寥泉銘云予以寒食去郡又上元作會有獻剪綵花者作浣溪沙寄袁公濟先生之去杭也林子中復來替先生是以先生與子中啓有適相先後之説過潤州作臨江仙别張秉道既到京師除翰林承旨復侍邇英按子由所作潁濱遺老傳云先生召還本除吏部尚書復以臣故改翰林承旨臣之私意元不遑安乞寢臣新命與兄同備從官不報六月作上清儲祥宫碑其畧云元祐六年六月丙午制詔臣某上清儲祥宫成當書之石臣待罪北門記事之成職也按趙

德麟侯鯖錄云先生元祐中再名入院作承旨乃益舊擬作衣帶馬表云枯羸之質匪伊垂之帶有餘斂退之心非敢後也馬不進數月以弟嫌請郡復以舊職知潁州按先生懷舊别子由詩云元祐六年予自杭州召還寓居子由東府數月復出領汝陰時予年五十六矣紀年錄四月到闕五月入院八月除龍圖閣學士知潁州到任有謁文宣王及諸廟文有祭歐陽文忠文及有到潁未幾公帑已竭齋廚索然戲作數句按趙德麟侯鯖錄云元祐六年冬汝陰久雪人饑一日天未明東坡先生簡召議事曰某一夕不寐念潁人之饑欲出百餘千造炊餅救

之老妻謂某曰子昨過陳見傅欽之言簽判在陳賑濟有功不問其賑濟之法某遂相招令時面議曰已備之矣今細民之困不過食與火耳義倉之積穀數千石便可支散以救下民作院有炭數萬秤酒務有柴數十萬秤依元價賣之可濟中民先生曰吾事濟矣遂草放積欠賑濟奏陳履常有詩先生次韻有可憐擾擾雪中人之句爲是故也由此觀之先生善政救民之饑眞得循吏之體矣又有聚星堂雪詩祭辯才文跋張乖崖文後及志林載夢中論左傳說及論子厚瓶賦又有十二月二日與歐陽叔弼季默夜坐

記道人問眞說是年潁州災傷先生奏乞罷黃河夫

萬人開本州溝瀆從之

七年壬申

先生年五十七在潁州任按趙德麟侯鯖錄云元祐七年正月東坡在汝陰州堂前梅花大開月色鮮霽先生王夫人曰春月色勝如秋月色秋月令人慘悽春月令人和悅何如召趙德麟輩來飲此花下先生大喜曰吾不知子亦能詩耶此眞詩家語耳遂召與二歐飲先生用是語作減字木蘭花有不似秋光只與離人照斷腸之句已而改知揚州先生之在潁也

與趙德麟同治西湖未幾有維揚之命三月十六日湖成德麟有詩見懷先生次韻又再和之及作雙石詩示僚友按冷齋夜話云東坡鎮維揚幕下皆奇豪一日石塔長老求解院歸西湖坡與僚佐袖中出疏使晁無咎讀之其詞有爲東坡而少留之句已而以兵部尚書召有名還至都門先寄子由詩有一味豐年説淮潁之句復兼侍讀是年南郊先生爲鹵簿使尋遷禮部尚書遷端明侍讀學士有讀朱暉傳題文潛語後及作醉翁操任兵部尚書日有薦趙德麟狀

[紀年錄]二月移知揚州淮上早發作詩三月上巳日過濠與迨過游塗山荆山記所見七月和淵明飲酒詩二十首八月作張文定公滕元發誌銘九月以兵

部尚書名兼侍讀郊祀爲鹵簿使尋除端明殿學士兼翰林侍讀學士守禮部尚書冬〻至作郊祀慶成詩又次韻錢穆父從駕郊丘瞻望天光退而相慶作詩

八年癸酉

先生年五十八任端明侍讀二學士是年先生繼室同安郡君王氏卒於京師按先生作西方阿彌陀贊序云蘇某之妻王氏元祐八年八月一日卒於京師按先生初娶通義郡君王氏乃同安之堂姊先生祭王君錫丈人云某始婚姻公之猶子允有令德夭閼莫遂惟公幼女嗣執罍篚由是推之通義爲同安之堂姊甚明但未能究再娶歲月耳又有八月二十七日建隆章淨館成一絕有坐待宮人畫詔回之句尋

以二學士出知定州九月十四日東府雨中作示子由云去年秋雨時我在廣陵歸今年中山去白首歸無期蓋定州之除必在九月内矣到定州任有祭韓魏公文書定州學生硯蓋作中山松醪賦紀年錄十二月二十三日到定州

紹聖元年甲戌

先生年五十九知定州就任落兩職追一官知英州有辭宣聖文行至滑州有乞舟行赴英州狀云帶家屬數人前去汴泗之間乘舟泛江倍道而行至南康軍出陸赴任未到任閒再貶寧遠軍節度副使惠州安置過虔州有記眞君籤說云八月二十一日過虔

州與王巖翁同謁祥符宫又有鬱孤臺游字韻詩與霍守李倅更和數首又有初入贛作又有題天竺樂天石刻余年幼時先君自虔州歸言天竺有樂天詩今四十七年矣蓋先生年十二老蘇歸自江南至是恰四十七年矣是年以十月三日到惠州寓居嘉祐寺有初到惠州詩當月十二日與幼子過同遊白水佛迹浴於湯池有古詩又按長短句浣溪沙序云紹聖元年十月十三日與程鄉令侯晉叔歸善簿譚汲游大雲寺野飲松下設松黄湯作此闋余家近釀酒名曰萬家春時有虔州鶴田處士王原子直不遠千

里來訪先生留七十日而去至十一月有戲贈朝雲詩朝雲先生侍妾也又錄三十九歲潤州道上過除夜雨絶付過及有跋朱表臣藏文忠公帖又有與吴秀才書吴乃子野之子其書云過廣州買得檀香數斤定居之後杜門燒香深念五十九年之非矣又就嘉祐寺所居立思無邪齋有贊乃紹聖元年十月二十日作

二年乙亥

先生年六十在惠州有惠州上元夜詩詩云去年中山府老病亦宵興今年江海上雲房寄山僧以歲月

考之去年甲戌上元先生知定州今歲乙亥寓嘉祐僧舍故有雲房寄山僧之句是年遷居於合江亭以先生别王子直語觀之紹聖元年十月三日始至惠州寓於嘉祐寺明年遷於合江之行館得江樓豁徹之觀忘幽谷窈窕之趣乃知乙亥歲遷居合江樓明矣又有松江亭上賦梅花詩及先生行年六十化之句三月四日同太守詹範器之柯常林柞王原賴仙芝同遊白水山又有與陳季常書云到惠州將半年先生以去年十月三日到惠州三月恰半年矣又有九月二十七日惠州星華館思無邪齋書記外祖程

公逸事又有朝斗記讀管幼安傳書魯直跋遠景圖北齋校書圖後又有爲幼子過書金光明經後及付僧惠誠遊吳中代書及祭妹德化縣君文有葬枯骨銘時詹守議葬暴骨先生詩有江干白骨已銜恩之句

三年丙子

先生年六十一在惠州有和陶淵明移居詩云余去歲三月自水東嘉祐寺遷去合江樓迨今一年得歸善後隙地數畝父老云古白鶴觀也意欣然居之營白鶴新居始於是矣詩中乃有葺思無邪齋之句先

生甲戌寓居嘉祐寺已有思無邪齋贊乙亥遷合江樓先有書程公逸事於星華館思無邪齋今丙子欲營新居又曰葺思無邪齋雖三年之閒遷居不常意其齋名亦隨寓而安矣當年惠州修東西新橋先生助以犀帶而子由亦以史夫人頃入内所賜金錢數千爲助及橋成日先生有詩落之乃有嘆我捐腰犀及有探囊賴故侯寶錢出金閨之句又有曇秀道人來訪先生而先生題其詩卷云予在廣陵曇秀作詩予和之後五年曇秀來惠州見予先生以壬申知揚州至是恰五年矣時吴遠遊陸道士客於先生歲暮

以無酒爲嘆先生和淵明和張常侍詩云我年六十一顏景薄西山是年又有丙子重九詩二首及書東皋子傳後祭寶月大師文七月朝雲卒先生有詩悼之及作墓誌又於惠州栖禪寺大聖塔葬處作亭覆之名之六如亭又除夜前兩日與吳遠遊有記食芋說按先生和淵明時運詩丁丑二月十四日白鶴峰新居成計其營新居之棟宇必在丙子秋冬之交有白鶴峰上梁文

四年丁丑

先生年六十二在惠州正月六日有題劉景文詩後

按先生和淵明時運詩云丁丑二月十四日白鶴峯新居成又與張天和長官書云賤累閏月初可到又云承問賤累正月末已到贛上閏月上旬到此也又按先生丙子年與毛澤民書云長子授韶州仁化令中冬當挈家至此某已買得數畝地在白鶴峯上古白鶴觀基也已令斫木陶瓦作屋二十間以此考之先生長子自冬挈家至閏二月方到惠州按和時運詩序長子邁與予别三年矣般挈諸孫萬里遠來不能無欣然所謂二月十四日新居成必閏二月也三月先生作三馬圖及作陸道士墓誌五月紀年錄作四月先生

責授瓊州別駕昌化軍安置按志林云余在惠州忽
被命責儋耳太守方子容自攜告身來弔余曰此固
前定吾妻沈事僧伽甚誠一夕夢和尚來辭云當與
蘇子瞻同行後七十二日有命今適七十二日矣豈
非前定乎遂寄家於惠州獨與幼子過渡海按子由
作先生追和淵明詩序云東坡先生謫居儋耳寘家
羅浮之下獨與幼子過負擔過海又至梧州寄子由
詩序云吾謫雷被命卽行了不相知至梧乃聞其尚
在藤也旦夕當追及至五月間果遇子由於藤州有
藤州城下夜起望月寄邵道士詩自藤出陸六月與

子由相别按先生和淵明移居詩序云丁丑歲余謫海南子由亦謫雷州五月十一相遇於藤同行至雷六月十一日相别渡海有雷州詩八首有行瓊州儋耳肩輿坐睡中得句而遇清風急雨故作是詩有古詩一首以七月到儋州有儋州謝表按先生夜夢詩序云七月十三日至儋州十餘日矣按子由作先生墓誌云紹聖四年先生安置昌化初僦官屋以庇風雨有司猶謂不可則買地築室昌化士人畚土運甓以助之爲屋三間又按先生與程全父推官書云初至僦官屋數椽近復遭迫逐不免買地結茅又與程

儒書云近與兒子結茅數椽居之勞費不貲矣賴十數學者助作躬泥水之役又云新居在軍城南極湫隘以意測之先生居在軍城南與天慶觀鄰又有桄榔菴銘云東坡居士謫居儋耳無地可居偃息於桄榔林中摘葉書銘以記其處是歲又過海得子由書

律詩一首

元符元年戊寅

先生年六十三在儋州有過子上元夜赴郡會守舍作違字韻詩及有讀晉書隱逸傳嶺南氣候說録温嶠問郭文語又於九月四日遊天慶觀有信道法智

說是年吳子野來訪先生以詩贈之其序云去歲與子野遊逍遥堂因往西山叩羅浮道院宿於西堂今歲索居儋耳子野復來相見作詩贈之又有記筮卦云戊寅十月五日以久不得子由書憂不去心以周易筮之得涣六三又有記藷說云海南以藷爲糧幾米之十六今歲藷菜不熟以客舡方至市有米也乃戊寅十月二十一日書又有戊寅十一月一日記海漆說

三年己卯

先生年六十四在儋州有己卯正月十三日録盧仝

杜子美詩遣懣是時久旱無雨陰翳未快至上元夜老書生數人相過曰良月佳夜先生能一出乎先生欣然從之步城西入僧舍歷小巷民夷雜揉屠沽紛然歸舍已三鼓矣歸錄其事爲己卯夜書又有二月望日書蒼耳說又有儋州詩萬戶不禁酒三年夷識翁之句先生丁丑來儋至是將三年矣是歲閏九月有瓊州進士姜君弼唐佐自瓊州來儋耳從先生學又有作墨說及題程全父詩卷後及有辟穀說又有與姜唐佐簡云已取天慶觀乳泉潑建茶之精者念非君莫與共之又有十月十五日與姜君簡

三年庚辰

先生年六十五歲在儋州人日聞黄河復作詩二首至上元又和戊寅違字韻詩題後云戊寅上元余在儋耳過子夜出守舍作違字韻詩今庚辰上元已再期矣家在惠州白鶴峰下過子并婦從余來此又有五穀耗地說記唐村老人言及養黄中說姜君弼去年閏九月自瓊州來從先生學三月還瓊州有跋姜君弼課策及有書柳子厚飲酒讀書二說以贈姜君之行按子由欒城集有贈姜君詩序云子瞻嘗贈姜君弼兩句詩云滄海何曾斷地脈白袍端爲破天荒

它日登科當爲子足之必是行以遺之也五月大赦量移廉州安置按先生在儋食芋飲水著書以爲樂作書傳以推明上古之絶學且謙冲下士日與諸黎遊無間嘗與軍使張中同訪黎子雲欲醵錢作屋名之曰載酒堂又上巳日尋諸生皆出獨與老符秀才飲又用過韻與諸生冬至飲酒有愁顏解符老壽耳鬬吳公之句注云符吳皆坐客必老符秀才與吳子野也又按趙德麟侯鯖錄云東坡老人在昌化嘗負大瓢行歌田畝間所歌蓋哨遍也饁婦年七十云内翰昔日富貴一塲春夢坡然之里人呼此媪爲春夢

婆坡一日被酒獨行遍至子雲諸黎之舍作詩云符老風流可奈何朱顏減盡鬢絲多投梭每困東鄰女換扇惟逢春夢婆是日復見老符秀才言此春夢婆之實也凡此數事皆先生海外逸事雖三年居儋耳未知在某年中今附於庚辰之歲庶以備觀閱云又有儋州與姜君弼書某已得合浦文字又有與少游書自儋之瓊作峻靈王廟碑云元符三年有詔徙廉州向西而辭六月過瓊州作惠通泉記遂渡海有過海詩紀年錄七月四日記渡合浦曰予自海康適合浦連日大雨橋梁盡壞水無津涯自興廉淨行院下乘小舟至官寨聞自此而西皆漲水無復橋船或勸乘蜑舟並海即白石是年六月晦無月碇宿大海中天水相連星河滿天起坐四顧太息曰吾何數乘此險也既濟徐聞復厄於此乎所撰易書論

語皆以自隨而世未有別書揹之而歎曰天未欲喪是也吾儕必濟又有烏喙詩序云余來儋耳得犬曰烏喙子還合浦過澄邁泅而濟戲作是詩渡海到廉州謝表有許承恩而內徙之句在廉州有廉州龍眼質味殊絕可敵荔枝詩又有題少游學書云庚辰八月二十四日書於合浦清樂軒及記蘇佛兒語別廉守張左藏詩此皆在廉州所作詩也又有瓶笙詩序云庚辰八月二十八日劉幾仲餞別東坡中觴聞笙簫聲又有與鄭靖老書云到廉廉守云公已行矣志林未成草得書傳十三卷某留此過中秋或至月末乃行作木栰下水歷容藤至梧與邁約般家

至梧相會追亦至惠矣是歲又有移永州之命按先生謝提舉成都府玉局觀表云先自昌化貶所移廉州又自廉州移舒州節度副使永州居住行至英州復朝奉郎提舉成都府玉局觀任便居住經由廣州有將至廣州用過字韻寄追邁二子詩時朱行中舍人知廣州先生有簡與朱行中云欲服帽請見先令咨禀廣州少留而行考先生題廣慶寺云東坡居士渡海北還吴子野何崇道穎堂通三長老黄明達李公弼林子中自番禺追餞至清遠峽同遊廣陵寺乃元符三年十一月十五日自此舟行清遠過英州拜

玉局之除有何公橋詩過韶州有次韻狄守李倅詩及作九成臺銘是年過嶺作詩寄子由有七年來往我何堪之語蓋先生甲戌責惠州已而過海至是爲七年矣次年正月五日過南安軍計先生度嶺必已歲除

徽宗建中靖國元年辛巳

先生年六十六度嶺北歸作南華長老題名記按題中載石鍾山記云建中靖國元年正月五日自南陵還過南安軍舊法掾吳君示舊所作石鍾山銘爲題其末乃知先生首正過南安必矣又有過嶺至南安

作一首正月到虔州有與錢濟明書云某已到虔州二月十間方離此又和舊所作鬱孤臺詩有虔州士人孫志舉從先生游先生有和遲韻贈志舉先輩云我從海外歸喜及崆峒春又有和志舉見贈云洒掃古玉局香火通帝閽又用前韻謝崔次之見過云自我還嶺外七見槐火春及發虔州過吉州永和鎮清都觀有謝道士自言丙子生求詩爲賦一首及爲作贊并寫清都臺三字中途又爲南安軍作學記寫海外所作天慶觀乳泉賦四月舟行至豫章彭蠡之間遇成國程夫人忌日迺寫圓通偈云行當施廬山有

道者又有與胡仁修書云旦夕到儀眞暫令邁一至常五月行至眞州瘴毒大作病暴下中止於常州按先生寄朱行中詩有至今不貪寶凜然照塵寰之句先生注云前一日夢中作此詩寄行中覺而記之自不曉按近日曾端伯百家詩選至朱行中事迹云東坡夢中寄朱行中一篇南遷絶筆也先生文如萬斛泉源而乃止於夢中寄行中之作此正絶筆獲麟之義惜哉六月上表請老以本官致仕七月丁亥卒於常州實七月二十八日嗚呼先生文章爲百世之師而忠義尤爲天下大閑加之好賢樂善常若不及是

宜訃聞之日士民惜哲人之萎朝野嗟一鑑之逝皆出於自然之誠不可以强而致也以次年閏六月葬於汝州郟城縣釣臺鄉上瑞里[紀年錄]七月疾頗革折簡錢世雄云昨夜齒中出血如丘蚓者無數若專是熱毒根源不淺卽今諸藥盡卻惟取人參茯苓麥冬瀹湯渴卽飲之莊生云在宥天下未聞治天下也三物可謂在宥矣此而不愈則天也徑山老惟琳來說偈答曰與君皆丙子各已三萬日一日一千偈電往那能詰大患緣有身無身則無疾平生笑摩什神呪眞浪出琳問神呪事索筆書昔鳩摩羅什病亟出西域神呪三番令弟子誦以免難不及事而終併出一帖云某嶺海萬里不死而歸宿田里有不起之憂非命也耶蓋絕筆於此後二日殆將屬纊而聞觀先離琳叩耳大聲云端明宜勿忘公云西方不無但箇裏著力不得世雄云固先生平時履踐至此更須著力曰著力卽差語絕而逝

[按]五羊王氏年譜綜其大端僊谿傅氏紀年核於月日要亦互有得失今以年譜爲主而紀年之可取者節鈔分注以備參考弃瑕存瑜庶幾全璧年譜有數條誤處如臘日遊孤山訪僧詩應在辛亥而悞入壬子遊風水洞諸詩應在癸丑而悞入甲寅又見顧秀才談惠州風物之美詩應在南遷度嶺而悞入北歸之類今俱爲刪正其詩文無大關係而年譜未載者雖歲月可考不更增入以譜年與譜詩異也長蘅識

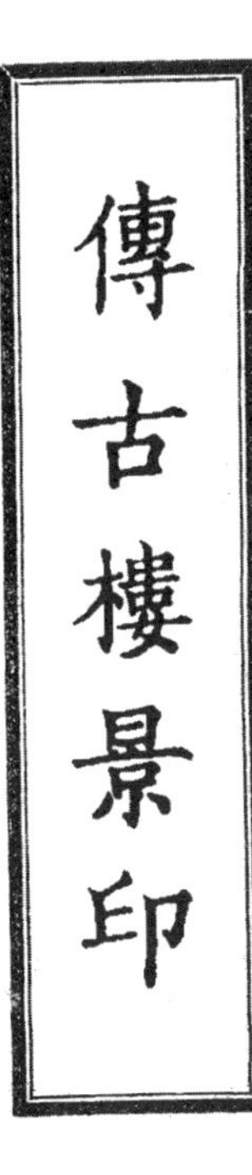
傳古樓景印

“四部要籍選刊”已出書目

序號	書名	底本	定價 / 元
1	四書章句集注（3 册）	清嘉慶吴氏刻本	150
2	阮刻周易兼義（3 册）	清嘉慶阮元刻本	150
3	阮刻尚書注疏（4 册）	清嘉慶阮元刻本	200
4	阮刻毛詩注疏（10 册）	清嘉慶阮元刻本	500
5	阮刻禮記注疏（14 册）	清嘉慶阮元刻本	700
6	阮刻春秋左傳注疏（14 册）	清嘉慶阮元刻本	700
7	楚辭（2 册）	清初毛氏汲古閣刻本	100
8	杜詩詳注（9 册）	清康熙四十二年初刻本	450
9	文選（12 册）	清嘉慶十四年胡克家影宋刻本	600
10	管子（3 册）	明萬曆十年趙用賢刻本	150
11	墨子閒詁（3 册）	清光緒毛上珍活字印本	150
12	李太白文集（8 册）	清乾隆寶笏樓刻本	400
13	韓非子（2 册）	清嘉慶二十三年吴鼒影宋刻本	98
14	荀子（3 册）	清乾隆五十一年謝墉刻本	148
15	文心雕龍（1 册）	清乾隆六年黄氏養素堂刻本	148
16	施注蘇詩（8 册）	清康熙三十九年宋犖刻本	398

圖書在版編目（CIP）數據

施注蘇詩 / （宋）蘇軾著 ；（宋）施元之注．——杭州 ：浙江大學出版社， 2019.9 （2025.12 重印）
（四部要籍選刊 / 蔣鵬翔主編）
ISBN 978-7-308-18397-0

Ⅰ．①施… Ⅱ．①蘇… ②施… Ⅲ．①宋詩—注釋 Ⅳ．① I222.744.1

中國版本圖書館 CIP 數據核字（2018）第 150117 號

施注蘇詩
（宋）蘇軾 著 （宋）施元之 注

叢書策劃 陳志俊
叢書主編 蔣鵬翔
責任編輯 王榮鑫
責任校對 宋旭華
封面設計 項夢怡
出版發行 浙江大學出版社
（杭州市天目山路 148 號 郵政編碼 310007）
（網址：http://www.zjupress.com)
排 版 杭州尚文盛致文化策劃有限公司
印 刷 杭州宏雅印刷有限公司
開 本 850mm×1168mm 1/32
印 張 77.25
字 數 708 千
印 數 1801—2600
版 印 次 2019 年 9 月第 1 版 2025 年 12 月第 4 次印刷
書 號 ISBN 978-7-308-18397-0
定 價 398.00 元（全八册）

浙江大學出版社市場運營中心聯繫方式 （0571）88925591；http://zjdxcbs.tmall.com